Thomas Feistauer

Fristlos entlassen

Ein heiterer Kriminalroman

Herstellung: Libri Books on Demand

ISBN: 3-8311-0143-4

Inhalt

1. Herr Mecke

„Piepiepiepiep... piepiepiepiep... piepiepiepiep..."
Peter Heitrich grunzte, wälzte sich im Bett herum und wollte
dem Wecker auf den Abschaltknopf hauen. Dabei fiel der
vom Tischchen neben dem Bett und piepiepiepte auf dem
Fußboden weiter.

Bis Peter ihn endlich abgeschaltet hatte, war er auch schon
halbwegs wach.

Montagmorgen. Schlimm genug.

Montagmorgen im Hochsommer. Noch schlimmer.

Montagmorgen im Hochsommer nach dreiwöchigem Urlaub.
Scheiße!

Peter quälte sich trotz seiner erst 28 Jahre wie sein eigener
Opa aus dem Bett und schlich ins Bad. Im Spiegel blinzelte
ihn sein verschlafenes Lausbubengesicht unter den dunklen
Locken aus verklebten Augen an.

Die letzten drei Wochen waren entschieden besser gewesen.
Er hatte bei schönstem Wetter eine zweiwöchige Radtour
durch Dänemark gemacht, wobei das schwere Gepäck von
einem Begleitwagen jeweils bis zur nächsten Etappe gebracht
wurde. Nur mit der nötigen Tagesverpflegung ließ es sich
herrlich leicht radeln, und die ganze Gruppe bestand nur aus
netten Teilnehmern.

Die Woche danach hatte er zu Hause oder am Badesee ge-
faulenzt. Jedenfalls war er nie vor 9 Uhr aufgestanden.

Jetzt war es 6 Uhr und trotz der frühen Stunde schon sehr
warm. Es würde wieder ein knallheißer Tag werden. Viel zu
schade zum Arbeiten. Pech auch, daß er während der letzten
drei Wochen keine sechs Richtigen im Lotto gehabt hatte.

Nach einer kalten Dusche fühlte Peter sich etwas munterer.
Er machte sich in der kleinen Küche seiner 1-1/2-Zimmer-
Wohnung das Frühstück und pflanzte sich resigniert in seinen

Balkonsessel, um dort Kaffee zu trinken. Wenigstens eine kleine Illusion von Sommerfrische.

Aber um 7 Uhr ließ es sich nicht vermeiden, daß er seinen Arbeitsplatz bei der Firma Schreyner, Autoteile Groß- und Einzelhandel, aufsuchen mußte. Er hängte sich mißmutig seine Tasche um, ging zu seinem Moped, das am Geländer des Kellereinganges angeschlossen stand und knatterte davon.

Früher hatte er auch mal ein Auto besessen. Zwar nur einen alten Fiat Panda, aber immerhin mit vier Rädern, einem Dach über dem Kopf und einer Heizung unterm Hintern. Mit zunehmendem Alter stieg die Reparaturanfälligkeit, und irgendwann kam der nächste TÜV-Termin, der zu dem traurigen Ergebnis führte, daß es an dem Auto nichts mehr zu reparieren gab. Es mußte verschrottet werden.

Zu dieser Zeit wurden die Versicherungsprämien immer üppiger, die Benzinpreise stiegen in grauenhafte Höhen, und alte Gebrauchtwagen ohne Kat wurden durch das neue Steuersystem sehr teuer, so daß Peter Heitrich sich keinen neuen Wagen mehr leisten konnte.

Er kaufte sich ein gebrauchtes Moped, mit dem er jeden Tag zur Arbeit und am Wochenende gelegentlich zum Angeln oder zum Baden fuhr.

Als Peter im Betrieb ankam, durfte er sich die üblichen Begrüßungen für Urlaubsrückkehrer anhören.

„Mensch, ein Neuer!"

„Mußt du jetzt wieder angelernt werden?"

Ach du Schreck! Neumann, der redselige Hausmeister und Betriebsschlosser! Auf seinem Gebiet war er ein As, er konnte vom Fahrstuhl bis zum Türschloß alles reparieren. Aber er war ein lästiger Sabbelheini. Deswegen wurde er auch „Neugiermann" genannt. Was immer er auch erfuhr, vertratschte er sofort weiter, und wenn ihm die Sache nicht interessant genug erschien, dann erfand er eben ein paar Details dazu und ging dann damit hausieren. Und wenn er etwas erfahren wollte, fragte er allen Leuten, die er traf, einen Kringel in den Bauch, bis er Bescheid wußte.

Peter hatte jetzt keinen Bock auf ihn. Deswegen muffelte er nur „Moin!" und ging in den Umkleideraum, wo er seine Tasche einschloß und sich den blauen Arbeitskittel anzog.

Dann latschte er lustlos ins Lager, wo sein Arbeitsplatz war.

Die Firma Schreyner handelte mit Autoteilen und Zubehör. Es gab Kunden, die nur eine einzige Glühbirne kauften, aber es gab auch Autohändler, die bei Schreyner regelmäßig ihre Monatsration an Verschleißteilen bezogen.

Herr und Frau Schreyner genossen die Annehmlichkeiten ihres Wohlstandes und schneiten nur ab und zu überraschend herein, um nach dem Rechten zu sehen. Die Führung des Betriebes besorgte seit Jahren Herr Gollnau als Geschäftsführer, der zwei Abteilungsleiter unter sich hatte.

Der preisgünstige Einkauf, das Erschließen neuer Bezugsquellen und die Aufnahme neuer Artikel oblag dem Abteilungsleiter Einkauf, Herrn Wolter und seinen Kaufleuten.

Der Verkauf, sowohl über den Ladentisch als auch in großen Mengen, und damit die Verkäufer und Lagerarbeiter unterstanden bis vor kurzem Herrn Winterhoff, der jetzt aber das Rentnerdasein genoß. Seit zwei Wochen war Herr Mecke der neue Vertriebsleiter. Somit kannte Peter Heitrich seinen zweithöchsten Vorgesetzten noch nicht.

Sein direkter Vorgesetzter, der Lagerverwalter Pohl, begrüßte Peter und schwatzte mit ihm über den Urlaub. Dann begann das Tagesgeschäft.

Peters Aufgabe bestand darin, Bestellungen von außerhalb wohnenden Kunden zu bearbeiten. Die Kunden bestellten telefonisch, per Post oder Fax ihre Teile. Peter bekam von Pohl Kopien der Bestellungen, zog dann mit einem Handwagen durch das Lager und holte die gewünschten Teile beisammen.

Anschließend mußte er sie verpacken und die Pakete zum Warenausgang bringen, wo sie entweder abgeholt oder zur Post gebracht wurden.

Außerdem mußte er als jüngster Mitarbeiter zweimal am Tag die Hauspostrunde drehen. Die Firma Schreyner war nämlich in den sechziger Jahren klein angefangen und später expandiert. Es war ein neues Lager- und Bürohaus angebaut worden, so daß der Laden und die Verkaufsabteilung vom Verwaltungstrakt durch die lange Lagerhalle mit dem Warenein- und -ausgang getrennt waren. Sämtliche eingehende Post wurde beim Empfang gesichtet und in gelochte Hausposttüten mit Angabe des Empfängers gesteckt. Peter mußte sich einmal vormittags und einmal nachmittags die lederne Posttasche umhängen, die Posttüten beim Empfang abholen und im Betrieb verteilen. Dabei nahm er gleichzeitig die ausgehenden Briefe mit und hinterlegte sie am Ende seiner Runde beim Empfang, von wo sie abends zur Post gebracht wurden.

Kurz vor der Mittagspause, als der erste Schwung Aufträge bearbeitet war, trat eine gewisse Ruhe ein. Peters Kollegen suchten sich bis zum Mittag nützliche Beschäftigungen, wie z. B. Ausfegen, Papierkörbe leeren oder Schachteln in den Regalen ordentlich aufstapeln. Im Gegensatz zu Peter hatten sie schon Bekanntschaft mit Mecke, dem neuen Vertriebsleiter, gemacht!

Bis jetzt hatte aber niemand Zeit gehabt, Peter vorzuwarnen, daß der ,Neue' ein scharfer Hund sei. So stand Peter eine Viertelstunde vor der Mittagspause am Schreibtisch des Lagerverwalters Pohl und blätterte in dessen Zeitung.

Ein großer Mann in den Vierzigern mit Anzug und Schlips kam vorbei und blieb stehen. Peter hielt ihn für einen der Kaufleute.

„Haben Sie nichts zu tun?" fragte der Unbekannte.

„Heute ist Montag!" antwortete Peter gleichgültig, ohne von der Zeitung aufzusehen. Für ihn hatte das seine Logik: Am

Montagvormittag mußte man sich vom Wochenende erholen, während man Freitagnachmittag schon halb im Wochenende war. Diese beiden halben Tage zählten für Peter nicht als ernsthafte Arbeitszeit.

Der alte Winterhoff hätte in so einem Fall den unmotivierten Faulenzer beiseite genommen und ihm einen Vortrag gehalten, wie es zu seiner Jugendzeit gewesen war, als es noch die 48-Stunden-Woche gab und freche Lehrlinge vom Meister geohrfeigt wurden. Die letzten Jahre vor seiner Pensionierung hatte er sich nicht mehr wegen solcher Kleinigkeiten aufgeregt.

Peter erschrak deswegen heftig, als der Unbekannte seine Faust auf den Schreibtisch knallte, daß Locher, Stempel und Federschale hochsprangen.

„WAS HABEN SIE DENN FÜR EINE ARBEITSAUFFASSUNG?!" schrie er Peter an.

Aus allen Ecken kamen die anderen Lagerarbeiter hervor, um aus respektvoller Entfernung dem Schauspiel zuzusehen.

Peter war vor Schreck aufgesprungen und stand schlotternd vor dem Unbekannten. Er fühlte sich sehr unangenehm, von allen Kollegen begafft zu werden.

„UND WAS ERLAUBEN SIE SICH FÜR EINEN TON GEGENÜBER EINEM VORGESETZTEN?!" schrie der Unbekannte weiter. „Wo ist der Lagerverwalter?! Herr Pohl! Kommen Sie sofort hierher!"

Mit deutlichem Unbehagen trat Pohl hinter einem Regal hervor und ging zu dem Schreihals.

„Haben Sie Ihre Leute nicht im Griff?!" schnauzte dieser ihn an. „Sorgen Sie gefälligst dafür, daß während der Arbeitszeit keine Zeitung gelesen wird!"

Der Schreihals stapfte mit lila Gesicht davon. Peter Heitrich und der Lagerverwalter Pohl blieben gebügelt zurück.

Peter tat es leid, daß Pohl seinetwegen eins auf den Hut bekommen hatte, und er entschuldigte sich bei ihm. Pohl dagegen machte sich Vorwürfe, daß er Peter nicht vorgewarnt hatte.

„Tja, soeben hast Du unseren neuen Vertriebsleiter kennengelernt", erklärte er ihm. „Mecke heißt der Typ."

Zum Mittagessen gingen Peter und seine Kollegen in die Kantine im angebauten Bürotrakt. Peter kaufte sich nur eine Wurst mit Pommes frites. Eigentlich war es viel zu warm zum Essen. Dafür blühte der Getränkeumsatz. Die Kantinenfrau konnte gar nicht so viele Flaschen im Kühlschrank kaltstellen, wie verlangt wurden.

Nachdem Peter sein Essen verzehrt hatte, träumte er von den vergangenen Urlaubswochen. Die Lagerhalle der Firma Schreyner erschien ihm wie eine Strafvollzugsanstalt.

Am Nebentisch saßen einige von Herrn Wolters Kaufleuten. Einer von ihnen wollte nächste Woche in den Urlaub fahren und erzählte jedem, der es nicht wissen wollte, was für einen tollen Wohnwagen er sich für 30.000 Mark gekauft hatte.

Neidisch dachte Peter an sein mickriges Einkommen. Er verdiente in Steuerklasse 1 als jüngster Mitarbeiter im Betrieb und als ungelernter Arbeiter um die 1.900 Mark netto im Monat. Er fragte sich, ob es nicht besser gewesen wäre, eine Lehre zu machen.

Nachdem er die vierte und die siebte Klasse zweimal durchlaufen hatte, weil er lieber Fußball spielte und mit den älteren Jugendlichen an ihren Mopeds bastelte, war er, sobald er 18 Jahre alt war, mit einfachem Hauptschulabschluß von der Schule abgegangen, die ihn sowieso nur noch ankotzte. Er hatte einfach keine Lust mehr, dieses theoretische Gelaber von den alten Knackern anzuhören, und bei dem Gedanken, daß er noch mindestens vier Jahre (letztes Schuljahr und Lehrzeit) von seinen Alten finanziell abhängig sein würde, wurde ihm schlecht. Dann wäre er ja schon 22, bevor sein Leben erst richtig anfing! Er wollte jetzt leben und etwas haben. Schließlich war er nach dem Gesetz schon ein Erwachsener!

Er fing auf dem Gemüsegroßmarkt als Gehilfe an.

An dem Tag, an dem er seine erste Lohnabrechnung in den Händen hielt, fühlte er sich wie Onassis und Onkel Dagobert in Personalunion. 1.300 Mark netto waren auf sein Konto überwiesen worden! Soviel hatte er noch nie besessen. Und jetzt würde er jeden Monat soviel verdienen!

Am nächsten Tag besuchte er seine alten Klassenkameraden in der Schule, die jetzt das 10. Schuljahr absolvierten. Er hatte seine Lohnabrechnung mitgebracht und prahlte damit. Einige Blödiane (besonders die Weiber) redeten zwar genau so dämlich wie seine Alten von „Qualifikation" und „Später im Leben". Er gab sich nicht weiter mit denen ab (und die nicht mit ihm), sondern hielt sich an jene, die ihn bewunderten, weil er so erfolgreich im Beruf war und weil er sich von den Alten nichts mehr sagen ließ. Erwachsen müßte man sein!

Peter genoß es, im Mittelpunkt des Interesses zu stehen. Natürlich wies er auch mehrfach darauf hin, daß er sich demnächst einen Wagen kaufen würde, aber mindestens Mittelklasse, und daß er sich jetzt eine eigene Wohnung suchen würde. Seine Zuhörer wurden vor Neid grün. Ein eigenes Auto erschien den 16-jährigen so unvorstellbar, wie ein Privatflugzeug und eine eigene Wohnung lag noch Lichtjahre entfernt.

Allgemeine Unruhe und Stühlerücken ließen ihn aufschrekken. Die Mittagspause war vorüber, und alle gingen wieder an ihre Arbeit.

Eine Viertelstunde vor Feierabend begann das übliche Aufräumen und Ausfegen. Peter trug einen Müllsack mit dem Inhalt der geleerten Abfalleimer auf dem Rücken zum Müllcontainer, der draußen auf dem Hof stand. Dabei übersah er allerdings, daß der Plastiksack unten ein Loch hatte und er auf seinem Weg eine Spur aus herausgerieselten Spänen und Schnipseln hinterließ.

„Was machen Sie denn da für eine Sauerei?!" schrie eine inzwischen bekannte Stimme hinter ihm. Er drehte sich um und sah einen stinksauren Mecke, der auf den herausgefallenen Dreck zeigte.

„Können Sie noch nicht einmal einen Müllsack richtig tragen?!" schrie Mecke weiter. „Fegen Sie das sofort auf!"

Peter schnappte sich schicksalsergeben den Besen und fing lustlos an, den Fußboden zu bearbeiten. Dieser Idiot von Mecke würde sich nochmal blöd umgucken, wenn er, Peter Heitrich, erst mal „mächtig" wäre. Seiner Meinung konnte es nämlich nicht mehr lange dauern, bis er im Lotto gewinnen würde. Schließlich gab er jede Woche einen vollen Schein ab, und so viele Möglichkeiten konnte es bei 6 aus 49 ja wohl nicht geben. Und wenn er dann Millionär wäre, dann würde er der Chef sein, feine Anzüge besitzen, einen dicken Wagen fahren und die Anweisungen geben, und die Anderen müßten dann parieren.

Er hatte zwar keine feste Vorstellung, von was für einem Unternehmen er Chef sein wollte und was für Anweisungen er geben müßte, damit alles lief, aber irgendwie glaubte er, daß sich diese Fähigkeiten mit dem vollen Bankkonto von selbst einstellen würden.

Er kam gar nicht auf den Gedanken, daß nicht sein Elternhaus oder seine materielle Situation, sondern seine Bequemlichkeit an seiner untergeordneten Position Schuld war. So träumte er weiter, wie er zu Mecke sagte: „Fegen Sie das Lager aus!", und der würde sich dann gehorsam den Besen nehmen und fegen. Er dachte gar nicht daran, daß der zu ihm sagen könnte: „Sie sind wohl beknackt?!" und ihn so als Chef vor der Mannschaft lächerlich machen würde.

Beim Träumen kam ihm die Idee: Wozu überhaupt noch arbeiten? Es war August, Hochsommer, die Strände an Nord- und Ostsee voll mit Urlaubern. Natürlich würde er eine weiße Motoryacht besitzen, damit in der Nähe eines Badestrandes vor Anker gehen, sich auf dem Achterdeck in einen Liegestuhl setzen und Zeitung lesen. Dann würde es gar nicht lange dauern, bis ein Paddelboot mit zwei süßen Mädchen käme, die er einladen würde, an Bord zu kommen, und in der Kajüte würde sich dann ein toller Nachmittag ergeben.

„Kuckuck, Feierabend!" schreckte ihn ein Kollege aus seinen Tagträumen auf.

Endlich! Peter zog sich hastig um. Bloß weg hier! Er schwang sich auf sein Moped und knatterte durch das Tor des Werksgeländes.

Jetzt, am Nachmittag um halb fünf, betrug die Temperatur noch immer über 30 Grad. In engen Straßen strahlten die Hauswände so eine Wärme ab, daß man glaubte, an riesigen, offenen Backöfen vorbeizukommen.

Auf den großen Hauptverkehrsstraßen war natürlich, wie immer um diese Zeit, Verkehrsstau. Die Autofahrer saßen genervt in ihren Blechkisten (meistens nur einer pro Auto) und wurden unangenehm gegrillt. Aus der voll aufgedrehten Lüftung kam auch nur warme Luft.

‚Selber Schuld', dachte Peter amüsiert, ‚was braucht ihr auch hundert PS und fünfzehn Quadratmeter Blech? Nur um einen Hampelmann und seine Aktentasche ins Büro zu karren.' Er mogelte sich mit seinem Moped zwischen den Autos durch. Als es zu eng wurde, fuhr er frech auf dem Fahrradweg weiter.

So kam er schnell zu Hause an, stellte sein Moped ab und ging hoch in seine Wohnung.

Was jetzt passierte, war typisch für ihn: Eben noch hatte er es nicht erwarten können, daß es Feierabend wurde, und jetzt, wo er zu Hause war, wußte er nicht recht, was er mit dem Nachmittag anfangen sollte.

Schwimmbad? Viel zu voll!

Badesee? Zu weit weg und bestimmt auch überfüllt.

Er holte sich eine Flasche Cola aus dem Kühlschrank, ein

Glas, eine Motorradzeitschrift und setzte sich auf den Balkon in seinen Liegestuhl. Zum Glück lag der Balkon Nachmittags im Schatten.

Er überlegte, ob es schöner wäre, wenn zu Hause eine Frau auf ihn warten würde. Aber von seiner letzten Beziehungskiste war er noch kuriert.

Er hatte Irmgard auf der Geburtstagsparty eines Freundes kennengelernt. Sie war gelernte Einzelhandelsverkäuferin, hatte aber geistig allerhand los und einen gesunden Ehrgeiz. So war sie trotz ihrer 25 Jahre bereits befördert worden und wollte es bis zur Abteilungsleiterin bringen.

Sie mochte zwar Peters lustige Art, aber seine Bequemlichkeit und die Tatsache, daß er keinen Beruf erlernt hatte, widersprachen ihrem Drang nach Höherem. So beschloß sie für sich, daß Peters Bildungslücken unbedingt aufgefüllt werden mußten.

Zuerst überredete sie ihn zu Theaterbesuchen, um seine kulturellen Defizite auszugleichen. Theater interessierte Peter zwar nicht, aber er fand es nett, mit ihr zusammen etwas zu unternehmen und fügte sich ihrem sanften Zwang.

Etwas mehr Druck war nötig, um ihn in die Kunsthalle zu schleifen. Die dort aufgehängten Gemälde ödeten Peter an und sagten ihm nichts. Irmgard ignorierte hartnäckig Peters Gähnen und genervtes Auf-die-Uhr-sehen und zwang ihm immer wieder Diskussionen über die Ideen auf, die der Künstler mit diesem und jenem Bild wohl ausdrücken wollte.

Der große Krach kam dann nach der Geburtstagsfeier von Peters Mutter. Es erschienen allerhand Leute zu Besuch, und in der kleinen Wohnung der Eltern fanden sich in jedem Zimmer Gesprächsgruppen zusammen. Als Peter gerade in die Küche gehen wollte, hörte er dort Irmgard im Gespräch mit seiner Mutter. Irmgard erzählte ihr stolz, was sie mit Peter für Fortschritte machte, und wie schwierig es manchmal sei, ihn „bei der Sache zu halten". Entsetzt erfuhr Peter auch, daß sie ihn ohne sein Wissen für mehrere Volkshochschulkurse angemeldet hatte, die nach Feierabend stattfinden sollten, um ihm einen Berufsabschluß als Kaufmann zu verpassen. Die Mutter äußerte sich begeistert über Irmgards erzieherische Fähigkeiten, und beide sprachen über ihn, wie Mutter und Lehrerin über einen kleinen, dummen Erstklässler. Peters Zuneigung zu Irmgard hatte unter ihrer lehrerhaften Art sowieso schon gelitten. Aber jetzt war das Maß voll! Er beherrschte sich noch, solange sie bei seinen Eltern waren, um seiner Mutter nicht ihren Geburtstag zu vermiesen. Aber auf dem Rückweg ließ er seiner stinksauren Laune freien Lauf. Die beiden schrien sich auf der nächtlichen Straße in voller Lautstärke an, so daß in einigen Wohnungen Lichter angingen und die Leute neugierig aus den Fenstern gafften. Peter beschimpfte Irmgard als „eingebildete Besserwisserin", während sie ihn mit „fauler Blödmann" titulierte.

So ging diese Beziehung zuende, und Peter genoß erstmal seine wiedergewonnene Freiheit. Er nahm sich vor, eine eventuelle neue Bekanntschaft vorsichtig zu prüfen, um nicht wieder so eine Kindergärtnerin zu erwischen.

Gelegentlich unternahm er etwas zusammen mit seiner Nachbarin Sabine, die vor einem halben Jahr in die Nebenwohnung gezogen war. Peter hatte ihr und ihrer Freundin Michaela beim Zusammenbau der Schränke geholfen.

Sabine war in Peters Alter und von Beruf Krankenschwester. Sie war sehr kräftig gebaut und hatte kurze, blonde Haare. Von weitem hätte man sie für einen korpulenten Jungen halten können.

Am Umgang zwischen Sabine und Michaela bemerkte Peter bald, daß die beiden wohl miteinander liiert und mehr für Frauen zu haben waren. Ihn interessierte das nicht weiter, denn für eine Beziehungskiste wäre Sabine nicht Peters Fall gewesen, dazu war sie ihm zu maskulin. Und Sabine fand es angenehm, ab und zu zwanglos mit einem jungen Mann zu plaudern und etwas zu unternehmen, ohne gleich eindeutig angequatscht oder befummelt zu werden. Sie hatte schlechte Erfahrung mit Männern, die meinten, sie müßten das arme, irregeleitete Mädchen unbedingt auf den rechten Weg zurückführen. Ein Arbeitskollege von ihr hatte vor anderen damit geprahlt, daß er auch „solche Kühlschränke knacken könne". Am nächsten Tag bat der Kollege mit einem blauen Auge beim Oberarzt um seine Versetzung auf eine andere Station.

Durch den Schichtdienst konnten Sabine und Michaela wenig Zeit miteinander verbringen, und wenn ihre gemeinsame Freizeit zusammenfiel, war Peter natürlich abgemeldet.

Er löste seine Gedanken wieder von den Frauen und las in seiner Motorradzeitung. Nach drei Spalten döste er in der warmen Nachmittagsluft ein.

Am nächsten Tag war es schon morgens wieder sehr warm, und das große Tor, durch das die Waren ins Lager hineinund herausgefahren wurden, stand offen. Peter sah Mecke mit einem Unbekannten auf dem Hof im Gespräch vertieft. Wahrscheinlich gab es irgendwelche Unstimmigkeiten, denn die beiden blätterten emsig in ihren Papieren. Dabei runzelte Mecke ab und zu die Stirn. Peter wunderte sich über das Aussehen von Meckes Haaransatz. Beim Stirnrunzeln ging der nicht mit nach oben, sondern die oberste Stirnfalte verschwand sozusagen darunter.

Natürlich! Der Kerl trug ein Toupet!

Das war zwar nicht außergewöhnlich und auch nicht strafbar, aber Peter verspürte trotzdem ein Triumphgefühl, als hätte er Mecke auf der Straße beim Verlassen eines Sexkinos getroffen. Diese Neuigkeit mußte er unbedingt loswerden.

Zwanzig Minuten später kam er mit einem Kollegen ins Gespräch, der Neuigkeiten immer interessant fand.

„Wußtest du eigentlich, daß der Mecke einen Mottenfiffi auf

dem Kopp trägt?" fragte Peter ihn.

„Ach nee, woher weißt du denn das?"

„Sieht man doch!" sagte Peter wie selbstverständlich, um vor seinem Kollegen anzugeben, über was für einen fachmännischen Blick er verfügte.

Seinem fachmännischen Blick entging es allerdings, daß hinter dem übernächsten Regal Mecke stand und mit vor Wut lila angelaufenem Gesicht das Gespräch belauschte.

Mecke war früher in einem Maschinenbaubetrieb Abteilungsleiter gewesen. Der Inhaber war gestorben, und die Erben wollten nicht vor dem Hintergrund des ständig wachsenden Konkurrenzdruckes den Betrieb fortführen. Sie liquidierten das Unternehmen, und für jeden Angestellten blieb noch eine kleine Abfindung übrig. So mußte Mecke mit Mitte vierzig nochmal auf Stellungssuche gehen. Keine begeisternde Aussicht!

Durch seine ehemalige Position verfügte er zwar über jede Menge Beziehungen, aber in den schwierigen Zeiten Anfang der neunziger Jahre konnte ihm keiner seiner Freunde und Bekannten weiterhelfen. ‚Personalabbau' hieß das Schlagwort der Zeit, und aufgrund seines Alters bekam er auch seine Bewerbungsschreiben stets zurück. Er wurde noch nicht einmal zu einem Vorstellungsgespräch eingeladen.

‚Kein Wunder', dachte er damals und betrachtete sich kritisch im Spiegel. Mit seinem kahlen Kopf und dem faltigen Gesicht sah er ja auch aus, wie sein eigener Opa. Mindestens zehn Jahre älter.

Ihm kam ein Ereignis in den Kopf, etwa zwei Jahre vor seiner Entlassung. Damals waren die Auftragsbücher gut gefüllt gewesen, und er hatte einen Maschinenbauingenieur gesucht. Nichts Böses ahnend gab er ein mittelgroßes Stellenangebot im ‚Hamburger Abendblatt' auf. Er rechnete mit 50 bis 100 Zuschriften und reservierte die nötige Zeit im Terminkalender, um diese Bewerbungen durchzulesen, mit den zehn geeignetsten Bewerbern Vorstellungsgespräche zu führen und dann seine Entscheidung zu treffen.

Die Resonanz auf seine Anzeige ließ ihn entsetzt auf seinen Bürostuhl sacken: Es kamen fünf Wäschekörbe voll mit DIN C 4-Umschlägen, etwa 400 Bewerbungen.

Mecke hatte einfach nicht die Zeit, sich neben seinem Tagesgeschäft auch noch durch diesen Berg durchzuarbeiten. Manchmal nahm er nach Feierabend Akten mit nach Hause, um dort in Ruhe weiter zu arbeiten, aber obwohl er einen großen BMW besaß, konnte er nicht zu Hause mit fünf Wäschekörben ankommen.

Also delegierte er die Arbeit. Seine Sekretärin bekam den Auftrag, die 100 besten Bewerber vorab auszusuchen.

Die Sekretärin war tüchtig, und Mecke konnte ihr viel anvertrauen. Allerdings verstand die Dame nichts vom Maschinenbau. Also löste sie das Problem mit weiblicher Intuition.

Bei Bewerbungen als Angestellter ist es üblich, die Unterlagen in eine Mappe zu heften, die auch ein Paßbild des Bewerbers beinhaltet. Wie die Sekretärin Mecke ein halbes Jahr später auf einer Weihnachtsfeier gestand, benutzte sie diese Fotos als Kriterium.

Erstmal sortierte sie alle Bewerber über 45 Jahre aus (das war Vorgabe des Chefs) und dann alle, die einen Bart trugen (das war ihre Vorgabe). Dadurch bekamen schon mal 200 hoffnungsvolle Arbeitssuchende ihre Bewerbungsunterlagen zurück, natürlich mit einem netten Brief, daß man sich die Auswahl nicht leicht gemacht hätte, aber es wären ja so viele Zuschriften eingegangen, und man wünsche jedem einzelnen, daß er bald einen entsprechenden Arbeitsplatz finden möge. Dieser nette Brief hatte bei Erscheinen der Anzeige schon fertig im PC gestanden und brauchte nur noch mit 200 Namen und Adressen versehen und ausgedruckt zu werden.

Die nächsten 100 Kandidaten wurden ebenfalls durch Gesichtskontrolle ausgesiebt. Unter den verbleibenden 100 Bewerbern gab es immer noch so viele geeignete Kandidaten, daß Mecke damals von der Art des Ausleseverfahrens nichts bemerkte.

Als ihm diese Episode durch den Kopf ging, kam ihm die zündende Idee gleich hinterher: Ob andere Betriebe das gleiche Auswahlverfahren praktizierten? Das Foto bildete den ersten Eindruck, den ein Personalchef vom Bewerber bekam. Also mußte er dafür sorgen, daß dieser Eindruck nicht ein kahlköpfiger Opa, sondern ein dynamischer Managertyp war.

Bei einem Zweithaarspezialisten ließ er sich ein Toupet nach Maß anfertigen. 2.000 Mark bezahlte er für das Ding. Als der Friseur ihm das Toupet zum erstenmal aufsetzte, wirkte er im Spiegel innerhalb einer Sekunde um 20 Jahre verjüngt. Stolz verließ er den Salon und betrat das nächste Fotoatelier, um Paßbilder für Bewerbungen von sich machen zu lassen.

Zu Hause gab es allerdings einen Reinfall: Seine Frau rutschte vor Lachen vom Sofa, und sein Sohn erklärte ihn für verrückt.

Dafür war die erste Bewerbung mit dem neuen Foto ein voller Erfolg: Er bekam die Stelle bei Schreyner & Co und kniete sich in seine neue Aufgabe hinein. Er wußte genau: Wenn diese Sache schief ging, konnte er sich bis zum Rentenalter als scheinselbständiger Kurierfahrer durchschlagen.

Und jetzt hatte dieser unterbelichtete Heitrich sein Geheimnis entdeckt. Und auch noch ausposaunt.

Bei nächster Gelegenheit würde er diesen Heini absägen!

An einem Vormittag, eine Woche später, drehte Peter wie üblich seine Postrunde durch den Betrieb. Sein Anklopfen an Meckes Bürotür wurde drinnen überhört, aber Peter schien es, als hätte jemand „Herein!" gesagt. Also öffnete er die Tür und trat ein.

In der Wand, wo sonst ein Bild hing (Industriebetrieb, Ende 19. Jahrhundert), war ein kleiner Tresor eingebaut, dessen Tür jetzt offen stand. Im Schlüsselloch baumelte ein umfangreiches Schlüsselbund. Das Gemälde stand auf dem Fußboden an die Wand gelehnt.

Auf Meckes Schreibtisch lag ein großer Haufen Geldscheine. Das mußten mindestens 100.000 Mark sein!

Tatsächlich handelte es sich um etwa 14.000 Mark. Und das kam so: Ein Gebrauchtwagenhändler aus Litauen erschien eines Tages bei Schreyner und gab eine Großbestellung auf. Da der Kunde nicht bekannt war und niemand für ihn bürgen konnte, bestand die Firma Schreyner (natürlich sehr diplomatisch) auf Barzahlung. Der Kunde akzeptierte das und erschien am Vormittag mit einem uralten Lastwagen. Er packte seine Teile ein und schüttete der verblüfften Kassiererin aus einer schäbigen Aktentasche das Geld bar vor die Nase. Dann ratterte er mit seinem Lastwagen in Richtung Litauen davon.

Die Kassiererin hatte Anweisung, solch hohe Beträge nicht in der Kasse zu belassen, und so wurde der Geldberg in Meckes Büro geschafft, wo Mecke und Wolter es nachzählten und die Scheine sortierten. Danach sollte das Geld in Meckes Tresor eingeschlossen werden, bis es nachmittags zur Bank gebracht würde.

Es handelte sich wirklich um eine große Ausnahme. Normalerweise enthielt der Tresor nur 3.000 bis 4.000 Mark.

Mecke und Wolter war es gar nicht recht, daß jemand so viel Geld sah. Darüber würde getratscht werden, und das konnte wiederum Einbrecher anlocken.

„Was wollen Sie?!" fragte Mecke grob.

„Haben Sie auch keinen Dreck an den Schuhen?!" fuhr Wolter Peter an. Dabei ging es ihm nicht um den Teppich, denn Peters Schuhe waren sauber. Er wollte nur von dem Geld ablenken.

Peter sah sich erschrocken um, ob er tatsächlich den Teppich verschmutzt hatte und kehrte dann nacheinander seine Schuhsohlen nach oben, um sie auf Sauberkeit zu prüfen. Inzwischen hatte sich Wolter vor den Geldhügel gestellt.

„Die... die Post", stotterte Peter und gab Mecke den Umschlag. Dann verschwand er schnell.

‚So viel Penunse!' dachte er.

2. Postkontrolle

Es ließ sich nicht verleugnen, daß der Sommer zuende ging. Morgens war es schon herbstlich kühl, auch wenn mittags noch um die 20 Grad erreicht wurden. Einige Leute versuchten, durch eisernes Tragen von kurzen Hosen und Hemden den Sommer festzuhalten, aber an den Tankstellen sah man schon die ersten Werbeplakate für Winterreifen.

In dem Baumarkt, an dem Peter jeden Morgen auf dem Weg zur Arbeit vorbeikam, wurden die Schaufenster neu dekoriert. Wo gestern noch Ventilatoren und Klimageräte ausgestellt gewesen waren (allerdings bereits zu Ausverkaufspreisen), bauten die Verkäufer jetzt Heizlüfter und Ölradiatoren auf.

Auf der Arbeit war er wieder voll in der Tretmühle integriert. Der schöne Urlaub schien schon in weite Ferne gerückt. Dabei lag er erst zwei Monate zurück.

Während der Mittagspause saß Peter wie üblich mit seinen Kollegen in der Kantine und verdrückte den Einheitsfraß bei den Standardgesprächen über Sport, Politik und Autos. Er saß auf seinem Stammplatz ganz außen am Tisch. Daneben stand der Tisch, an dem Wolters Kaufleute ihr Mittagsmahl einnahmen.

Wie immer, wenn Peter seine Nachspeise gegessen hatte, schloß er die Augen und döste. Dabei lauschte er den Gesprächen am Nebentisch, ob er vielleicht etwas Interessantes erfahren konnte.

„Wenn die das wirklich machen, könnte das glatt heißen, daß sie den Laden hier dichtmachen!" sagte einer der Herren zu den anderen.

„Na, Mahlzeit!" antwortete einer seiner Kollegen. „Ausgerechnet jetzt, wo ich gerade gebaut habe!"

„Die machen doch mit uns, was sie wollen," resignierte ein

Dritter.

Das „die" und das „sie" wurde dabei so eigenartig betont, als ob sich um unheimliche, bedrohliche Mächte handelte.

Wenn Peter einen Pferdekopf gehabt hätte, dann hätte man sehen können, wie sich seine Ohren in Richtung Nebentisch ausrichteten. Er lauschte angestrengt, aber er erfuhr nur Fragmente. Offenbar wurde in der Geschäftsleitung diskutiert, den Betrieb in ein neues Industriegebiet nach Mecklenburg zu verlagern.

Ach du Scheiße! Wie sollte er da mit dem Moped hinkommen? Das hieße ja: Entweder in ein mecklenburgisches Kuhdorf umziehen oder sich neue Arbeit suchen. Peter war sehr beunruhigt. Sein bequemes Wesen haßte solche ungeplanten Ereignisse, die ihn zu Aktivität zwangen. Wo könnte er Näheres über die Sache erfahren?

Er stupste seinen Tischnachbarn an, erzählte ihm leise von dem Gespräch am Nebentisch und fragte ihn, ob er auch schon etwas darüber gehört hätte. Zu seiner Enttäuschung reagierte der Kollege ziemlich gleichgültig.

„Och, das hatten die schon mal vor, aber 'ne neue Hütte wäre wohl zu teuer, und man wollte wohl auch nicht so weit von unseren Stammkunden wegziehen."

Peter war keineswegs beruhigt. Nach der Mittagspause sprach er den Lagerverwalter Pohl auf das Gehörte an.

„Tja, da kann ich dir auch nichts Näheres sagen," antwortete der. „Ich weiß nur, daß das schon mal geplant war, aber daß ein Umzug damals zu teuer gekommen wäre. Vielleicht läuft es diesmal auch so. Und wenn nicht: Ändern können wir als kleine Lichter doch nichts. Dann heißt es: Mitziehen oder gehen. Am besten, wir warten erstmal ab und machen uns keine Sorgen über ungelegte Eier."

Das tröstete Peter auch nicht. Obwohl er noch nie stempeln gehen mußte, so wußte er aus den Medien doch schon, daß es ein höchst schwieriges Unternehmen war, einen neuen Arbeitsplatz zu finden.

Den ganzen Nachmittag grübelte er, wie er herausfinden könnte, was die Geschäftsleitung vorhatte. In einem James-Bond-Film ging so etwas ganz einfach. Da wurde eben ein Mikrofon in einem Büro versteckt und die darin geführten Gespräche abgehört. Niemals wurde erklärt, wer das Mikrofon dort angebracht hatte und wie die Leitung verlegt worden war, ohne Spuren zu hinterlassen. Aber Peter wußte nicht, wo er ein Mikrofon und den dazugehörigen Sender herbekommen sollte, abgesehen davon, daß solche Apparate gewiß einen Haufen Geld kosten würden. Und dann konnte er ja auch nicht einfach in Gollnaus Büro latschen und das Abhörgerät dort irgendwo hinkleben. Und schließlich mußte er ja auch arbeiten und konnte nicht den ganzen Tag auf dem Klo sitzen, um die Gespräche mitzuhören.

Einfacher wäre es, dort einen Kassettenrecorder zu verstekken und die aufgenommenen Gespräche zu Hause in Ruhe abzuhören. Aber die längsten Kassetten, die Peter kannte, liefen zwei Stunden. Also müßte er alle zwei Stunden in Gollnaus Büro kommen und sagen: „Entschuldigung, Herr Gollnau, ich muß nur mal schnell die Kassette wechseln. Bin gleich wieder weg."

Als er sich Gollnaus Gesicht vorstellte, wurde ihm klar, daß diese Variante auch ausfiel.

Um 15 Uhr begann wieder seine Postrunde. In dem Moment, als er sich die Posttasche umhängte, kam ihm die Idee: Vielleicht ließ sich in den Posttüten eine interessante Information finden! Die Hausposttüten wurden nämlich nicht verschlossen, damit sie immer wieder verwendet werden konnten.

Er verschwand mit seiner Posttasche auf der Herrentoilette. Dort befand sich ein Waschbecken neben der Tür und zwei Urinale gegenüber. Links waren drei Klobecken, voneinander durch Sperrholzwände getrennt, die nicht ganz bis zum Boden reichten, sondern auf Metallstützen standen. Auch die Klotüren endeten zehn Zentimeter über dem Boden.

Er schloß sich in der mittleren Zelle ein und setzte sich auf den Klodeckel. Dann nahm er die sechs Briefe aus der Posttasche und betrachtete die daraufgeschriebenen Empfänger.

Der erste war für die Kantinenfrau. Uninteressant, sicherlich nur Formulare für Lebensmittelbestellungen oder Ähnliches.

Die nächsten drei waren für die kaufmännische Abteilung. Auch uninteressant, von dem ganzen Gebiet verstand Peter nichts, also nützten ihm irgendwelche Bilanzen, Rechnungen oder Lieferscheine auch nichts.

Die letzten beiden Briefe waren für Mecke.

Vorsichtig klappte er die Lasche von dem ersten auf. Es raschelte in dem stillen Toilettenraum so laut, daß er erschrocken innehielt. Er meinte, Mecke müßte das Geräusch in seinem Büro gehört haben und sofort wissen: ‚Aha, der Heitrich schnüffelt in meiner Post!'.

Vorsichtig stellte er die Posttasche und die Briefe auf dem Boden ab. Dann beugte er sich auf Hände und Knie vor und spähte unter der Klotür durch, ob er irgendwo ein Paar Schuhe mit einem Stück Hose sehen konnte. Natürlich nicht, es war ja auch niemand hereingekommen, das Klappen der Tür hätte er doch gehört.

Er nahm wieder auf dem Klodeckel Platz und zog mutig den Inhalt aus dem ersten Umschlag.

Er war fast enttäuscht: Es handelte sich um einen Prospekt für Autoreifen mit einem daran geklammerten Brief, in dem der Gebietsverkaufsleiter (toller Titel!) schrieb, daß er erfreut wäre, mit der Firma Schreyner ins Geschäft zu kommen.

Peter wunderte sich über den unterwürfigen Ton des Briefes. Klang fast wie ein Bettelbrief. Daß ein Kaufmann mit dem tollen Titel ‚Gebietsverkaufsleiter' das nötig hatte! Oder gingen dessen Geschäfte schlecht? Bis jetzt hatte Peter immer gedacht, daß alle Kaufleute mit feinem Anzug auch erfolgreich und wohlhabend seien.

Er schob den Prospekt in den Umschlag zurück und öffnete den letzten Brief.

Es steckte ein Computerausdruck mit langen Zahlenkolonnen darin. Oben drüber stand irgendetwas von ‚Inventur‘. Damit konnte er auch nichts anfangen. Er steckte die Post wieder ein.

Die Ausbeute war also enttäuschend. Trotzdem fühlte er sich mindestens zehn Zentimeter größer, als er das Klo verließ. Er kam sich vor, wie der Spion im Krieg, über den er neulich einen Film gesehen hatte. Und er hatte Einblick in die Interna der hohen Herren! Besonders diebisch freute er sich, daß die Anderen ihn für einen einfachen Hilfsarbeiter hielten. Wenn die wüßten, daß er in Wirklichkeit der große Meisterspion war!

Sehr zufrieden mit sich setzte er seine Postrunde fort.

Am nächsten Tag verschwand er wieder mit seiner Posttasche im Klo. Diesmal stand nur auf einem Brief Mecke als Empfänger. Er beinhaltete eine Kfz-Fachzeitschrift, an deren Einband Gollnau einen Zettel geklammert hatte: ‚Bitte Seite 15 beachten!‘

Auf der Seite 15 stand bloß eine Werbeanzeige der Firma Schreyner.

Peter war zwar enttäuscht, aber auch voller Zuversicht. Eines Tages würde er bestimmt interessante Informationen entdecken.

Die ganze Woche erwies sich, was die Durchsuchung der Briefe anging, als ein Reinfall. Peter hatte wirklich gedacht, daß die Chefs interessantere Themen bearbeiteten. Den Toilettengang am Vormittag und am Nachmittag vollzog er schon routinemäßig, ebenso das Öffnen der Posttüten und die Prüfung des Inhaltes.

Die Gefahr bei der Routine ist, daß man nachlässig wird. Ein Wächter, der eine Bank bewachen soll, wird dies diensteifrig tun, wenn er seinen Posten neu antritt. Wenn aber über längere Zeit nichts passiert, schläft seine Wachsamkeit ein, und er beginnt, an andere Sachen zu denken, bis er eines Tages völlig überrascht am verkehrten Ende eines Revolvers steht.

Peter hatte an diesem Morgen ein Teil verpacken müssen, das schon lange im Lager herumlag und entsprechend eingestaubt war. Dabei machte er sich die Hände schmutzig und wischte sie vor Antritt der Postrunde nur oberflächlich mit einem Putzlappen ab.

Auf dem Klo stellte er fest, daß nur ein Brief von Mecke stammte, und zwar handelte es sich um eine Statistik über die Umsätze der großen Stammkunden für Gollnau.

Als er den Brief zurück in die Posttüte schob, hinterließ er darauf einen deutlich sichtbaren Abdruck seines schmutzigen Daumens.

Er fluchte leise und versuchte, den Abdruck durch Reiben mit Klopapier zu entfernen. Er wurde aber nur geringfügig blasser. Dann suchte er in den Taschen seines Arbeitskittels nach einem Stück Radiergummi, aber natürlich fand er keins.

Er hatte jetzt keine Zeit mehr, sich mit dem blöden Abdruck zu beschäftigen. Wahrscheinlich würde sich Gollnau darüber wundern, aber dem nicht weiter nachgehen. Schließlich mußte der ja noch andere Dinge tun.

Er liefert seine Briefe aus, und tatsächlich meldete sich den ganzen Tag niemand bei ihm oder bestellte ihn irgendwohin. Zu Feierabend hatte er die Sache vergessen.

„Na, Herr Mecke?", sagte Gollnau lächelnd, als er den zu Mittag in der Kantine traf. „Wollte Ihr Auto heute morgen nicht so recht?"

Mecke sah ihn verwundert an. „Wie kommen Sie denn darauf?"

„Na, ich dachte, Sie hätten sich bei Ihrer unfreiwilligen Bastelstunde die Finger schmutzig gemacht, weil auf Ihrer Mitteilung so ein schöner Fingerabdruck von Ihnen prangte." Er lachte.

Mecke lachte nicht.

Unter seinem Toupet begann ein Gedanke zu rumoren. Und dieses Rumoren ging im Laufe des Nachmittags in Entsetzen und dann in schlechteste Laune über. Schließlich suchte er Herrn Gollnau zu einem vertraulichen Gespräch auf.

3. Die Kündigung

Am Mittwoch herrschte ekliges herbstliches Nieselwetter. Genau das richtige Wetter, um Werbespots für Erkältungsmedizin zu drehen. Peter beneidete die Autofahrer. Die saßen trocken auf bequemen Sesseln in ihren Wagen, ließen sich von einem warmen Luftstrom einhüllen und konnten dabei noch Radio hören, während er auf seinem kalten Kunstleder-Sattel fror und seine Hose naßkalt und unangenehm an den Oberschenkeln klebte.

Außerdem standen die Autos heute so im Stau, daß er sich nicht dazwischen hindurchmogeln konnte. Bestimmt hatten diese fetten Wohlstandsbonzen sich mit Absicht so hingestellt, um ihn zu ärgern.

Endlich kam er in der Firma an, wo er sich trockenes Arbeitszeug anziehen konnte.

In Gollnaus Büro saßen währenddessen Mecke und Gollnau bei einer kleinen Bastelarbeit.

Gollnau hatte auf seinem PC einen interessanten (allerdings frei erfundenen) Brief geschrieben. Diesen Brief schob Mecke in eine Posttüte, versah die Einstecklasche auf ihrer Innenseite mit einem kleinen Punkt Klebstoff, steckte sie vorsichtig in den Umschlag, wie er normalerweise die Posttüten schloß und drückte die Stelle mit dem Klebstoffklecks auf den Brief, bis der Kleber trocken war. Wenn jetzt jemand den Brief aus dem Umschlag nahm, würde auf jeden Fall die Klebestelle aufreißen.

„Dann wollen wir mal auf Pirsch gehen!" sagte Gollnau und legte den präparierten Brief in den Korb mit der Aufschrift ‚Post Ausgang'.

Als Peter seine Vormittags-Postrunde drehte, verschwand

er, wie inzwischen üblich, mit der Posttasche im Klo und schloß sich dort in ein Abteil ein. Er blätterte die Posttüten durch. Ein Umschlag fiel ihm auf, weil als Absender ‚Gollnau' draufstand und als Empfänger ‚Ausgangspost Herr Schreyner'.

Als Peter den Bogen aus dem Umschlag ziehen wollte, ging die Klotür zum Flur auf, und jemand stolzierte herein. Peter saß mucksmäuschenstill auf dem Klodeckel und hoffte, daß der Unbekannte keine große Sitzung vorhatte. Aber dessen Schritte führten zum Glück nur an das Waschbecken. Das Wasser wurde aufgedreht. „Quietschi-quietschi" sagte der Seifenspender, und Peter hörte, wie sich der Unbekannte die Hände wusch und dann das Wasser wieder abstellte. Ein zweimaliges „Flupp-raschelraschelraschel-basch" verriet Peter, daß zwei Papierhandtücher aus dem Spender gezogen, zwei unbekannte Hände abgetrocknet und die Handtücher in den Papierkorb geworfen wurden. Dann entfernten sich die Schritte, die Tür zum Flur wurde geöffnet, Peter hörte noch drei Schritte, und dann wurde die Tür von dem Federautomaten geschlossen.

Beruhigt zog Peter endlich den Brief aus der Posttüte. Irgendwie mußte er stärker ziehen, als sonst, aber dann las er endlich den Brief an Herrn Schreyner:

Sehr geehrter Herr Schreyner,

bezüglich der von Ihnen anläßlich des konjunkturbedingten Rückganges des Geschäftsergebnisses geforderten Sparmaßnahmen schlage ich vor, die übertariflichen Lohn- und Gehaltsanteile in eine Gewinnbeteiligung umzuwandeln.

Damit können wir flexibel auf schwankende Geschäftsergebnisse reagieren und bieten eine zusätzliche Motivation für die Angestellten, die so durch kundenorientierten Einsatz ihr Einkommen steigern können.

Das war endlich mal etwas Interessantes. Nicht nur für ihn, sondern auch für seine Kollegen.

Im Flur bei den Büros stand in einem kleinen Raum ein Fotokopierer. Dort wollte er den Brief kopieren und dann erst ausliefern.

Er hängte sich die Posttasche um, nahm den Brief von Mekke und den leeren Umschlag in die Hand und trat aus der Klozelle.

Genau vor sich sah er ein dunkles Jackettrevers, ein Stück weißes Oberhemd und eine weinrote Krawatte. Und dicht darüber das grimmige Gesicht von Mecke unter dem Toupet. Aus zehn Zentimeter Entfernung sah sein Gesicht eigenartigerweise nicht so gefährlich aus, wie aus größerer Distanz.

Mecke riß ihm wortlos den Brief aus der Hand und sah darauf. Peter hätte sich ohrfeigen können. Hätte er doch nur unter der Klotür hindurchgeschaut! Natürlich war Mecke der Unbekannte gewesen, der sich die Hände gewaschen hatte, und er war nur zum Schein wieder aus dem Waschraum gegangen. Außerdem hätte Peter den Brief wieder in den Umschlag zurücktun müssen! Dabei hätte das in diesem Fall auch nichts genützt, denn es handelte sich ja um den präparierten Brief mit dem aufgerissenen Klebstoffpunkt.

„Mitkommen!" zischte Mecke ihn an und eilte mit großen Schritten aus dem Klo (ohne für Peter die Tür aufzuhalten). Der mußte in einen albernen Laufschritt verfallen, um mit Mecke Schritt halten zu können.

„Der... der Brief ist mir eben 'rausgefallen... ich hab' ihn aufgehoben...", versuchte er sich herauszureden. Mecke reagierte überhaupt nicht, sondern steuerte mit Riesenschritten, Peter im Schlepptau, in Gollnaus Büro.

Die fristlose Kündigung ging in zehn Minuten über die Bühne. Es gab keinen Betriebsrat, an den Peter sich hätte wenden können. Gollnau hatte durch diplomatische Behandlung seiner Mitarbeiter stets dafür gesorgt, daß der Wunsch nach einer Arbeitnehmervertretung nie aufgekommen war.

Während Gollnau ein vorgefertigtes Kündigungsschreiben aus dem PC ausdruckte und unterschrieb, erklärte er Peter knapp, daß man ihn schon länger im Verdacht der Werkspionage gehabt hätte. Peter fand das eine maßlose Übertreibung, aber er merkte, daß ihm jetzt nichts mehr helfen konnte. Also hielt er lieber seinen Schnabel, während Gollnau von dem präparierten Brief berichtete.

Nachdem er ihm noch mitgeteilt hatte, daß er mit der Post seine Papiere bekäme, mußte er in Begleitung von Mecke und Wolter seinen Garderobenschrank leerräumen und das Gebäude verlassen.

Als Mecke und Wolter mit Peter gegangen waren, lehnte sich Gollnau zufrieden zurück.

Er war verheiratet und hatte einen 18-jährigen Sohn und eine 16-jährige Tochter.

Er selbst war ziemlich anspruchslos. Dafür strebte seine Frau nach Höherem. Das schöne Einfamilienhaus in einer der besten Gegenden Hamburgs hatte sie ausgesucht. Er mußte noch daran abbezahlen. Seine Kinder besuchten ein Gymnasium im gleichen vornehmen Stadtteil. Hier trafen sie mit den Sprößlingen von Ärzten, Generaldirektoren, Fabrikbesitzern und Anwälten zusammen, für die es selbstverständlich schien, Reitpferde und Motoryachten zur Verfügung zu haben oder, sofern sie schon einen Führerschein besaßen, nach der Schule mit Papas Mercedes SL zum Golfplatz zu fahren. Natürlich äußerten Gollnaus Kinder auch entsprechende Wünsche, nicht, weil sie unverschämt waren, sondern weil ihnen das Leben ihrer Mitschüler durch die täglichen Kontakte vollkommen normal vorkam.

Gollnau bemühte sich nach Kräften, diese Wünsche zu erfüllen, aber schon die kleinen Dinge, wie Designerklamotten, Wochenendtrips und Discobesuche kosteten einen Haufen Geld. Die Hundertmarkscheine verschwanden aus seiner Brieftasche, als ob jemand einen Staubsauger hineingehalten hätte. Ein Motorboot konnte er sich da trotz seines sehr guten Gehaltes nicht leisten, zumal der Sohn frischgebackener Führerscheinbesitzer war und seinem Papa in den Ohren lag, ob er nicht einen Wagen haben könne. („Für den Anfang kann es ruhig ein gebrauchter Golf sein, Papa.")

Mitten in diese angespannte finanzielle Situation platzte eine Hiobsbotschaft vom Bezirksschornsteinfegermeister. Der stellte nämlich fest, daß Gollnaus uralter Ölheizkessel Abgase produzierte, die sich überhaupt nicht mit den neuen Emissionsgesetzen vertrugen. Gollnau mußte also eine moderne Gasheizung installieren lassen.

Von einem Nachbarn wurde ihm ein kleiner Sanitärbetrieb empfohlen, der nur aus dem Meister, einem Gesellen und einem Lehrling bestand, während die Frau des Meisters die Buchführung besorgte. Gollnau hoffte, daß so ein kleiner Betrieb ohne großen Wasserkopf billiger kalkulieren würde.

Der Klempnermeister hieß, für einen Installateur vollkommen unpassend, Arthur Holzmeier. Dieser Herr Holzmeier erschien also bei Herrn Gollnau und sah sich die Örtlichkeit an. Nach einem Rundgang durch den Keller kam der vernichtende Schlag: Der Einbau eines neuen Gasheizkessels mit der erforderlichen Leitung zum Hauptgasrohr an der Straße sollte um die 17.000 Mark kosten.

Gollnau fiel vor Schreck fast auf den Hintern. Sein Bankkonto wies gerade eben 6.000 Mark Guthaben aus. Da müßte er ja ein Darlehen aufnehmen! Er probierte es natürlich mit der Frage, ob man das nicht preisgünstiger hinbekäme.

Herr Holzmeier erklärte ihm, daß das Material ab Fabrik um soundsoviel billiger wäre. Dann wechselte er plötzlich das Thema und fing an, von seinem Sohn zu berichten, der Handelsfachpacker gelernt hatte und seitdem arbeitslos war, bestenfalls mal für einige Wochen eine befristete Arbeit fand. Er schwärmte davon, wie motiviert und arbeitswillig sein Sohn doch sei und daß er sehr dankbar wäre, wenn dieser endlich einen festen Arbeitsplatz hätte.

Zuerst fand Gollnau diesen Themenwechsel ungehörig. Er mußte mit seinen eigenen Sorgen fertig werden, und wie Herr Holzmeier seine Probleme löste, interessierte ihn wenig. Dann aber verstand er die Botschaft des Herrn Holzmeier: „Gollnau, Sie sind ein hohes Tier mit Beziehungen, und wenn Sie meinem Sohn einen ordentlichen Arbeitplatz verschaffen, bekommen Sie Ihr Material zum Großhandelspreis." Aus dem, was Herr Holzmeier vorher erklärt hatte, konnte sich Gollnau eine Ersparnis von ungefähr 4.000 Mark ausrechnen. Solche Beträge waren auch für ihn durchaus von Interesse.

Er versicherte also Herrn Holzmeier beim Abschied, daß er sich diesbezüglich mal umhören wollte, und Herr Holzmeier versicherte ihm, daß er die Kalkulation nochmal genau prüfen würde.

Und jetzt hatte dieser unterbelichtete Heitrich ihm genau zum richtigen Zeitpunkt einen neu zu besetzenden Arbeitsplatz serviert.

Gollnau setzte sich wieder gerade hin, griff zum Telefonhörer und wählte die Nummer von Herrn Holzmeier.

„Guten Tag, Herr Holzmeier! Gollnau hier! Ich habe eine gute Nachricht für Sie. Wenn Ihr Sohn noch interessiert ist, dann schicken Sie ihn doch mal zu einem Vorstellungsgespräch zu mir!"

Peter stand mit schlotternden Knien im Nieselregen vor der Personaleingangstür, die Mecke und Wolter hinter ihm zugeworfen hatten. Er fühlte sich überhaupt nicht mehr, wie ein großer Meisterspion. Eher wie ein kleines Arschloch.

Mühsam, als würde er damit die Kündigung erst besiegeln, setzte er sich in Bewegung zum Parkplatz.

Als er gerade sein Moped aufgeschlossen und angetreten hatte, hörte er weiter hinter sich jemand rufen: „Wat is', schon Feierabend?"

Ausgerechnet Neumann, der redselige Betriebsschlosser. Wenn er ihm jetzt erklärte, was passiert war, würde der ihn mit tausend Fragen löchern. Und wenn er irgendein Märchen von Arztbesuch oder so erzählte, würde der ihn mit zehntausend Fragen löchern. Er schwang sich auf sein Moped und knatterte davon. In einer halben Stunde würde Neumann ohnehin alles wissen und weitererzählen. Peter kratzte das nicht mehr. Wahrscheinlich würde er ihn nie wiedersehen.

Etwa 200 Meter hinter der Betriebseinfahrt hielt er an und drehte sich um. Das Gebäude von Schreyner, das er bis jetzt als eine Art Gefängnis betrachtet hatte, erschien ihm nun wie ein Stück verlorene Heimat. Er fühlte sich wie ein Passagier, der unbemerkt von einem Ozeandampfer gefallen ist und das Schiff unerreichbar verschwinden sieht. Er gab Gas und fuhr, nicht nur vor Kälte zitternd, durch den Nieselregen nach Haus.

In seiner Wohnung zog er die nassen Sachen aus und ließ sie einfach auf dem Flurteppich liegen. Scheißegal.

Irgendwas stimmte nicht. Ach so, das Tageslicht! Wenn er sonst nach Hause kam, war es zu dieser Jahreszeit schon dunkel. Jetzt war es ja erst Mittag.

Die Gedankenfetzen schossen in seinem Kopf hin und her wie Ping-pong-Bälle. Was jetzt? Woher eine neue Arbeit nehmen?

Zuerst mußte er zum Arbeitsamt, sich arbeitslos melden. Aber soweit er wußte, hatten Behörden nur Vormittags geöffnet. Bei dem Scheißwetter hatte er sowieso keine Lust, nochmal aus dem Haus zu gehen.

Er mixte sich eine Cola-Whisky (mit einem anständigen Anteil Whisky) und fiel auf das Sofa, um zu grübeln. Ob man die Kündigung mit einem Rechtsanwalt anfechten konnte?

Aber Anwälte kosteten Geld, das er genau so wenig besaß, wie eine Rechtschutzversicherung, und selbst wenn die Kündigung zurückgenommen würde, dann müßte er ja wieder unter Mecke arbeiten, und alle wüßten dann Bescheid über das Geschehene. Das wollte er auch nicht.

Das dritte Glas enthielt bereits Cola-Whisky ohne Cola, und weil Peter sonst nur sehr mäßig Alkohol trank, dauerte es nicht mehr lange, bis er auf dem Sofa eingeschlafen war.

Als er erwachte, lag das Zimmer im Dunklen. Wo war er?

Er tastete über den Sofabezug und den Wohnzimmertisch. Das fühlte sich vertraut an, also befand er sich zu Hause. Er hob den Kopf, um auf die Leuchtuhr des Videorecorders zu sehen. Der Schmerz schoß ihm durch den Schädel, so daß sein Kopf gleich wieder auf das Sofa plumpste, worauf erneut eine glühende Lanze durch sein Gehirn gepiekt wurde. Plötzlich fiel ihm alles wieder ein: Die Kündigung, die Heimfahrt, die Cola-Whisky, und die Sorgenspirale fing wieder an, in seinem Kopf zu rotieren. Ganz wichtig erschien ihm im Moment, zu wissen, wie spät es war. Er rutschte vom Sofa und kroch auf Händen und Knien zum Videorecorder. 21:30 Uhr. Also hatte er den ganzen Nachmittag und Abend gepennt. Sein Kopf fühlte sich dreimal so groß an, wie sonst. Er latschte benommen ins Bad und hielt ihn eine Minute unter den kalten Wasserstrahl. Das brachte ein wenig Linderung.

Er wünschte sich, mit jemandem über alles zu reden. Ob Sabine da war? Er nahm seine Wohnungsschlüssel, ging ins Treppenhaus und lauschte an ihrer Wohnungstür. Drinnen hörte er Musik. Er klingelte.

Sabine öffnete. Als sie ihn sah, riß sie erstaunt die Augen auf.

„Peter! Wie siehst du denn aus?"

„Ach Bienchen, mir ist vielleicht eine große Scheiße passiert."

„Komm' erstmal rein!", sagte sie und pflanzte ihn in einen

ihrer Sessel. Dann goß sie für jeden ein Glas Cola ein und setzte sich in den anderen Sessel.

„Nun erzähl' mal von deiner großen Scheiße!"

Und Peter berichtete ihr alles: Wie er das Gespräch in der Kantine belauscht hatte, wie er auf die Idee gekommen war, sich mit der Durchsuchung der Post Informationen zu verschaffen und dabei schließlich erwischt und gefeuert worden war.

Sabine sah eine Minute an die Zimmerdecke, als ob dort die Lösung geschrieben stünde.

„Aber im Grunde ist das doch gar nicht so schlecht", stellte sie fest.

Peter glaubte, sich verhört zu haben.

„Du hast ja 'nen drolligen Humor. Schließlich bin ich gerade mein monatliches Almosen losgeworden."

„Aber überleg' doch mal!" sagte Sabine und setzte sich im Sessel nach vorne. „Erstens (dabei klappte sie den linken Daumen hoch) fandest du den Job bei Schreyner ohnehin nicht so berauschend. Zweitens (zum Daumen klappte sie jetzt den Zeigefinger hoch) warst du noch nie arbeitslos. Von der ganzen Arbeitslosenversicherung, die sie dir bis jetzt abgeknöpft haben, kannst du dir ruhig mal 'was wiederholen. Und drittens (sie klappte den Mittelfinger dazu) kommt jetzt der Winter mit Schnee und Eis. Willst du dann wirklich früh morgens mit deinem Knatterkasten zur Arbeit fahren? Das geht gar nicht, viel zu gefährlich, und du frierst dir den Arsch ab. Also müßtest du den Bus nehmen, dafür einen Haufen Geld bezahlen und dreimal umsteigen, wobei du an jeder Haltestelle wieder durchfrierst. Bleib' doch mit dem Arsch zu Hause und such' dir im Frühjahr 'was Neues! Du machst praktisch Winterschlaf auf Staatskosten!"

Peter glotzte sie überrascht an. Die Frau hatte Recht! So konnte man die Sache ja auch betrachten. Nur gab es da noch ein Problem!

„Aber der Zaster! Ich hab' einsneunnetto verdient, damit

konnte ich schon keine großen Sprünge machen. Vom Arbeitsamt gibt es doch noch viel weniger. Das langt ja nicht mal für anständiges Happi. Wie hoch ist denn überhaupt das Arbeitslosengeld?"

Sabine sah wieder die Zimmerdecke an.

„Also, als mein Vater krank war, hat er Krankengeld bezogen, und da kriegte er damals 80 Prozent vom Netto. Naja, Arbeitslosengeld ist wohl etwas weniger, ich schätze, so ungefähr 75 Prozent."

Keiner von den Beiden war jemals arbeitslos gewesen. Man konnte ihnen nicht verdenken, daß sie das Arbeitslosengeld so falsch einschätzten.

Sabine schnappte sich vom Tisch einen Taschenrechner mit dem Reklameaufdruck einer Bank.

„Also, 75 Prozent von 1900, das sind... ääh... (tipp, tipp)... 1425 Mäuse!"

„Ach du Scheiße! Wie soll ich denn davon leben? Unsere Hütte hier kostet doch mit Strom und Telefon schon einen braunen Riesen im Monat! Und dann noch Versicherung und Fressalien. Das reicht nicht."

„Kannst du nicht den Rest bei deinem Malermeister dazuverdienen?"

Rolf Pengel war selbständiger Malermeister und im gleichen Fußballverein wie Peter Heitrich. Manchmal bekam er in kurzer Zeit so viele Aufträge, daß er 14 Stunden am Tag arbeiten mußte und noch einen Gesellen hätte gebrauchen können, aber es gab auch Zeiten, in denen er nur halbe Tage arbeiten konnte, und mit den Lohnnebenkosten müßte er für einen Angestellten zuviel aufwenden. Das warf das Geschäft nicht ab.

Also hatte er ab und zu, meistens Samstags, Peter als Gehilfen mitgenommen und festgestellt, daß der handwerklich geschickt war. Für einen Tag hatte er ihm 100 Mark nach BAT-Tarif (bar auf Tatze) gezahlt.

Keiner von beiden hätte das jemals als Schwarzarbeit bezeichnet. Peter Heitrich nannte es einen Nebenverdienst und Rolf Pengel Notwehr gegen die staatliche Steuer- und Sozialabgabenpolitik.

Peter rechnete. Wenn er nur fünf Tage im Monat für je 100 Mark beim Malen und Tapezieren half, hätte er mit dem Arbeitslosengeld zusammen so viel, wie jetzt mit einem ganzen Monat Arbeit.

„Mensch, Bienchen, du bist 'ne Wucht! Daß ich da noch nicht selber drauf gekommen bin!"

Da hatte Mecke ihm ja direkt einen Gefallen getan! Seine schlechte Stimmung war verflogen. Er sah der Zukunft sehr viel beruhigter entgegen.

Die beiden schwatzten noch eine Stunde und gingen dann in ihre Betten. Peter wollte zeitig aufstehen, um pünktlich um neun Uhr beim Arbeitsamt die Staatsknete anzuleiern, wenn geöffnet wurde.

4. Auf dem Arbeitsamt

Am nächsten Tag erschien er, mit einer Zeitung bewaffnet, um zehn vor neun beim Arbeitsamt. Dort erlebte er eine böse Überraschung. Das Amt wurde bereits um acht geöffnet, und alle Flure waren voll mit Menschen. Es dauerte eine ganze Zeit, bis er mit Hilfe einer Informationstafel im Erdgeschoß herausfand, in welches Stockwerk und in welche Wartezone er sich begeben mußte.

In seiner Wartezone standen etwa 60 Sitzplätze zur Verfügung, fast alle besetzt. Gut, daß er sich eine Zeitung mitgebracht hatte. Er zog aus einem Spender an der Wand eine Wartemarke. Sie trug die Nummer 73. An der Decke hing eine Anzeigetafel mit Leuchtschrift, die jeder Wartenummer mitteilte, in welchem Zimmer man bedient wurde. Im Moment zeigte die Tafel die Nummer 17. Noch über 50 Leute vor ihm!

Während er seine Zeitung las, ertönte ab und zu ein Gong, der die nächste Wartenummer aufrief. Manchmal erklang der Gong dreimal in einer Minute, aber manchmal passierte auch quälende zehn Minuten überhaupt nichts.

Nach einer Stunde hatte er jedes Wort in der Zeitung gelesen und warf sie genervt auf einen leeren Stuhl. Um sich nicht tödlich zu langweilen, belauschte er die Gespräche der anderen Wartenden.

Offenbar waren einige in Begleitung von Familienangehörigen erschienen. Ein junger Türke wollte sich wohl arbeitslos melden und wurde von Vater, Mutter und Frau gleichzeitig vollgeschnattert, wie er sich am besten verhalten sollte. Schade, daß die Unterhaltung auf türkisch geführt wurde, vielleicht hätte Peter auch noch nützliche Tips erhalten.

Eine Dame um die Fünfzig, die neben ihm saß, hatte ihren Mann als seelische Stütze mitgebracht. Aus der Unterhaltung der Beiden entnahm Peter, daß sie selbst ihren Job als Sachbearbeiterin gekündigt hatte, weil die netten Kollegen, die alle 20 bis 30 Jahre jünger waren, sie wegen ihrer altersbedingten langsameren Arbeitsweise ständig schikaniert hatten.

Beim nächsten Gong stand die Frau auf und ging in das angezeigte Zimmer. Fünf Minuten später erschien sie wieder, offenbar stinksauer.

„Das war vielleicht ein Arschloch!" beschwerte sie sich bei ihrem Mann über den Beamten. „Sagt mir, ich hätte drei Monate keinen Anspruch auf Arbeitslosengeld, obwohl ich 33 Jahre eingezahlt habe! 'Sie hätten eben nicht selbst kündigen dürfen' äffte sie den Beamten nach. „'Wer aus eigenem Verschulden seinen Arbeitsplatz verliert...' und so weiter. Ob man wegen Mobbing nicht schlafen kann, interessiert diesen Beamtenpinsel überhaupt nicht! Der kann ja auch nie arbeitslos werden. Da kann man natürlich leicht auf den kleinen Leuten 'rumtrampeln. Wenn ich bloß etwas Anderes gesagt hätte, als er mich gefragt hat!"

„Hättest dir man lieber 'nen gelben Zettel holen sollen und krankmachen" seufzte der Mann, „dann hättest du jetzt Lohnfortzahlung und Krankengeld...".

Mehr konnte Peter nicht verstehen, denn die Beiden gingen durch eine Glastür, die jetzt hinter ihnen zufiel.

,Jaja', dachte Peter, ,die haben auch ihre Sorgen'.

Er zuckte einige Zentimeter in seinem Stuhl hoch, so sehr fuhr ihm der Schreck vom Hintern bis zur Schädeldecke durch den Körper. Was hatte die Frau gesagt? „Wer aus eigenem Verschulden seinen Arbeitsplatz verliert...". Aber das war ja bei ihm auch der Fall! Also würde man ihm jetzt auch das Arbeitslosengeld abdrehen!

Sein erster Impuls war, hinauszurennen und in Ruhe zu überlegen.

Er sah auf die Anzeigetafel. Noch über 20 Leute vor ihm. Also blieb ihm noch etwas Galgenfrist. Er biß sich nervös auf die Finger und starrte auf den Linoleumboden.

‚Wasmachichnur, wasmachichnur?' zermarterte er sich das Gehirn.

Er zwang sich zur Ruhe. Die Frau hatte gesagt : „Wenn ich nur etwas Anderes gesagt hätte, als er mich gefragt hat". Also wurde man nach dem Grund der Entlassung gefragt. Ob eine Firma dem Arbeitsamt einen Rausschmiß meldete? Davon hatte er noch nie gehört.

Es gab nur eine Möglichkeit: Er mußte, wenn er gefragt wurde, falsche Angaben machen, also behaupten, daß es sich um eine fristgerechte Kündigung wegen Arbeitsmangel handelte.

Die ganze nächste Stunde seiner Wartezeit sagte er diese Schilderung immer wieder in Gedanken vor sich hin, damit sie ihm auch flüssig über die Lippen kam, wenn er dem Beamten gegenübersaß.

Endlich erschien seine Wartenummer auf der Anzeigetafel. Zum Glück mußte er nicht in das Zimmer, in dem die Dame vorhin ihre Abfuhr bekommen hatte, sondern eine Tür weiter.

Als er eintrat, war er positiv überrascht: Eine nette junge Dame saß dort, begrüßte ihn und bot ihm einen Besucherstuhl an.

Die ganze Datenaufnahme dauerte nur drei Minuten. Er wurde befragt nach Namen, Adresse, bisherigen Tätigkeiten und Einkommen. Die Dame füllte einen Fragebogen mit seinen Angaben aus und tippte einige Sachen in ihren Computer. Sie wies ihn darauf hin, daß er noch seine Steuerkarte und den Sozialversicherungsausweis abgeben müsse, da sonst die Bearbeitung nicht fortgeführt würde. Dann kam die entscheidende Frage:

„Wurde das Arbeitsverhältnis fristgerecht gekündigt?"

„Ja, wegen... äh... Arbeitsmangel".

Das war alles, worüber er sich eine Stunde den Kopf zerbrochen hatte. Die junge Dame machte die entsprechenden Kreuzchen im Fragebogen.

„Jetzt müssen Sie in die Leistungsabteilung, dort wird das

Arbeitslosengeld geregelt. Gehen Sie wieder bis in die Eingangshalle, dann in den Flur, wo ‚Leistungsabteilung' steht. Sie brauchen keine Wartemarke ziehen, durch die Computereingaben sind Ihre Daten bereits da, Sie werden aufgerufen."

Peter bedankte sich und ging zur Wartezone der Leistungsabteilung. Immerhin saßen dort auch noch 12 Leute, die auf Bedienung warteten.

Peter hätte vor Langeweile vergehen können. Er besaß nichts mehr zu lesen, und weit und breit lag keine Zeitung herum. Wenn er wieder mal zum Arbeitsamt mußte, dann würde er einen ganzen Roman mitnehmen, besser noch einen tragbaren Fernseher. Es gab auch keine interessanten Gespräche zu belauschen, denn alle Wartenden schwiegen verbittert vor sich hin. Der einzige Trost war, daß es mit der Bedienung einigermaßen zügig voranging. Nach einer Stunde wurde Peter aufgerufen.

Eine Dame mittleren Alters fragte ihn nach seinen letzten Lohnbescheinigungen. Gut, daß er die mitgenommen hatte. Während die Dame ihre Akten vollkritzelte, wagte Peter vorsichtig die Frage nach der Höhe des Arbeitslosengeldes.

„Das werden so ungefähr 600 Mark alle zwei Wochen", kam die Antwort.

Nur gut, daß er auf einem Stuhl mit Lehne saß, sonst wäre Peter auf den Rücken gefallen. Das war ja noch weniger, als das Bißchen, das er erwartet hatte. Irgendwo mußte Sabine sich verrechnet haben.

Die Angestellte sah mitleidig in Peters entsetztes Gesicht.

„Es ist möglich, daß Sie Anspruch auf ergänzende Sozialhilfe haben", versuchte sie, ihn zu trösten. „Das kann man Ihnen beim Sozialamt ausrechnen."

Peter bedankte sich und schlich erledigt davon. Nach dem stundenlangen Sitzen und Warten verspürte er zu noch so einer Behörde nicht die geringste Lust. Wie man hörte, sollte es bei den Sozialämtern ja noch voller sein, als bei den Arbeitsämtern. Ihm erschien es wesentlich einfacher, sich durch Schwarzarbeit etwas nebenher zu verdienen. Da galten wenigstens keine komplizierten Paragraphen, sondern Bedingungen, die er durchschaute: Du machst diese Arbeit, dafür bekommst Du soundsoviel Kohle auf die Kralle.

Heute war Donnerstag, also abends Fußballtraining. Er mußte unbedingt Rolf Pengel nach einem Nebenjob fragen, sonst würde er finanziell nicht über die Runden kommen.

Abends fuhr Peter zu seinem Sportverein, in dem er der Fußballmannschaft angehörte. Nach dem Training trafen sich die Sportler auf ein Bier im Vereinshaus, das wie eine Gastwirtschaft eingerichtet war. Peter setzte sich zu Rolf Pengel.

„Wie sieht's denn im Moment mit 'nem kleinen Nebenjob aus?" fragte er ihn. „Ich könnte ein paar Lappen zusätzlich gebrauchen."

„Tut mit leid!" antwortete Rolf zu Peters Enttäuschung. „Im Moment ist tote Hose. Die Leute sind mit Weihnachten beschäftigt. Ich habe nur ein paar Wohnungen wegen Umzug zu machen. Richtig renoviert wird erst zum Frühjahrsputz, so ab Ostern. Dann kann ich gut noch jemanden brauchen. Ich sag' dir Bescheid, wenn es soweit ist."

‚Scheiße!' dachte Peter. ‚Das kommt davon, wenn man mit Geld rechnet, das man noch gar nicht hat.'

Den Weltuntergang bedeutete das aber nicht. Peter war sicher, daß er woanders auch einen entsprechenden Nebenjob finden würde.

Am Montag kam gewöhnlich nur wenig Post. Peter war deswegen erstaunt, als er einen Brief vom Arbeitsamt aus dem Briefkasten holte. Er riß ihn neugierig noch im Treppenhaus auf. Auf typischem Behörden-Briefpapier las er:

Hamburg, 11.11.1994

Sehr geehrter Herr Heitrich!

Sie werden gebeten, sich umgehend in
unserer Dienststelle Norderstraße 103,
5. Stock, Zimmer 588 (Herr Kuntze)
einzufinden.

Es folgte eine krakelige Unterschrift und darunter mit
Schreibmaschine der Klartext ‚Kuntze'.

Scheiße! Jetzt hatte er sich gerade auf das faule Leben gefreut, da wollten die ihm schon Arbeit andrehen. Er überlegte,
ob er erst morgen hingehen sollte. Aber der Brief trug das
Datum vom Freitag, und es stand ‚umgehend' darin. Vielleicht würde der Herr Kuntze sauer sein, wenn Peter erst
morgen erschiene, und er wußte nicht genau, ob man dann ein
Bußgeld aufgeknackt bekäme.

Jetzt war es halb elf, also die Behörden noch geöffnet. Peter
zog sich warm an, schwang sich auf sein Moped und fuhr
zum Arbeitsamt.

Das Zimmer 588 lag auf dem gleichen Flur, in dem er am
Donnerstag gewesen war, aber noch weiter am Ende des
Ganges. Hier gab es keinen Automaten mit Wartemarken, also klopfte er an, und als von drinnen „Herein!" ertönte, trat er
ein.

Ein streng und penibel wirkender Beamter saß hinter dem
Schreibtisch und sah Peter durch blankpolierte Brillengläser
an.

„Bitte?" fragte er knapp.

„Mein Name ist Heitrich", sagte Peter, „Ich habe einen
Brief von Ihnen bekommen." Dabei reichte er Herrn Kuntze
den besagten Brief.

„Herr Heitrich...", begann Herr Kuntze langsam und mit

drohendem Unterton, während er eine Akte zur Hand nahm und sie aufklappte.

„Sie haben uns angelogen!" zischte er dann Peter mit wütendem Blick an. „Sie haben gesagt, Ihr Arbeitsverhältnis wäre fristgerecht gekündigt worden. Wir haben uns erkundigt. Sie sind wegen Werkspionage fristlos entlassen worden!"

Peter hatte auf einmal das starke Bedürfnis, auf Klo zu müssen.

„Aber das kann man doch nicht als Werkspionage bezeichnen...", versuchte er sich zu rechtfertigen.

„Sie haben unwahre Angaben gemacht!" fuhr Herr Kuntze ihn an. „Deswegen wird Ihnen das Arbeitslosengeld für die Dauer von drei Monaten gesperrt. Wenn Sie der Meinung sein sollten, daß das alles anders war, können Sie dagegen Einspruch einlegen. Ich bezweifle aber, daß das irgendeine Erfolgsaussicht hat."

Peter saß belämmert da und wußte nichts zu sagen.

„Sie können gehen!" zischte Herr Kuntze wieder, ohne von seiner Akte aufzusehen.

Wie betäubt trat Peter auf den Flur. Dann rannte er eilig zum Klo, weil er jetzt unbedingt mußte. ,Scheißescheißescheiße' dachte er. Jetzt war das bißchen Geld auch noch flöten. Jetzt mußte er unbedingt irgendeinen Job finden, denn wenn er erst mit der Miete in Rückstand käme, würde er auf der Straße sitzen.

Er wußte nicht, ob ihm Sozialhilfe zustand. Wahrscheinlich nicht, und wenn schon, von Behörden und Beamten hatte er den Kanal gestrichen voll.

5. Arbeitssuche

Zu Hause angekommen kramte er das Branchentelefonbuch hervor und suchte sich zwei bekannte Konkurrenzbetriebe von Schreyner heraus. Vielleicht nahmen die ganz gerne jemand, der von einem Mitbewerber kam, um so hinter dessen Kulissen zu sehen.

Bei seinem ersten Versuch meldete sich eine Empfangsdame, der Stimme nach eine etwas ältere und humorvolle Frau. Peter erkundigte sich höflich, ob der Betrieb zur Zeit Personalbedarf hätte.

„Huch, wo denken Sie hin, junger Mann?" gackerte die Dame. „Im Gegenteil: Wir bauen Personal ab!" Sie gackerte wieder, als ob es die drolligste Sache der Welt wäre, Personal abzubauen.

Das war also nichts. Peter probierte die nächste Nummer. Nach einigem Hin- und herfragen wurde er immerhin mit der Chefsekretärin verbunden.

„Nein!" antwortete diese, als sie sein Anliegen gehört hatte, „Wir stellen zur Zeit ü-ber-haupt-nicht-ein!" Sie betonte jede Silbe, um deutlich zu machen, wie sinnlos solche Anfragen wären.

Also wieder nichts. Heute war Montag. Die nächste Zeitung mit Stellenanzeigen würde erst am Mittwoch erscheinen. Peter glaubte zuversichtlich daran, daß er sich dann aus den vielen Angeboten das passende aussuchen können würde.

Mittwoch früh holte Peter sich die neue Zeitung mit den Stellenanzeigen. Hastig blätterte er nach der entsprechenden Seite und überflog die Annoncen. Er hatte mal gehört, daß morgendliche Anrufer bessere Karten hätten, weil der für die Einstellungen zuständige Personalchef dann noch ausgeruht und außerdem neugierig auf die Resonanz seiner Anzeige war. Wenn er nachmittags schon mit 50 Anrufern das gleiche Thema besprochen hatte, würde er sicherlich schon ziemlich abgestumpft sein.

Zum Glück waren die Stellenanzeigen unterteilt in die Rubriken ‚kaufmännisch', ‚technisch' und ‚gewerblich'. Zu seiner großen Enttäuschung stand nur eine einzige Annonce für einen Lagerarbeiter drin. Alles andere waren Angebote für spezielle Facharbeiter.

Peter griff zum Telefonhörer und wählte die angegebene Nummer. Eine Frau meldete sich kurz und korrekt, fast schon in militärischem Ton.

„Guten Morgen!" sagte Peter, „Ich rufe an wegen Ihrer Stellenanzeige in der Zeitung, Sie suchen einen Lagerarbeiter..."

„Haben Sie einen Gabelstaplerführerschein?" unterbrach ihn die Frau.

„Nein, aber..."

„Dann hat das keinen Zweck, wir können nur jemand mit Staplerschein gebrauchen. Auf Wiederhören!" Aufgelegt.

Peter starrte entsetzt den schweigenden Telefonhörer in seiner Hand an, bevor er begriff, daß alle Hoffnung, die er in diesen Tag gelegt hatte, zunichte war. Scheiß-Gabelstaplerschein! Peter verfluchte seine Bequemlichkeit. Vor fünf Jahren, noch in einem anderen Betrieb, wurde einmal ein Gabelstapler-Kursus von der Berufsgenossenschaft kostenlos angeboten, nach dessen Teilnahme die Mitarbeiter den Staplerschein erhielten. Allerdings fand die Schulung nach Feierabend statt, und Peter hatte damals keine Lust gehabt, deswegen unbezahlte Überstunden zu schieben. Jetzt hätte er diesen Wisch gut gebrauchen können.

In den folgenden Tagen verbrachte er viel Zeit mit Fernsehen, Videofilmen und Romanen, die er sich stapelweise aus der Leihbücherei holte. Besonders imponierten ihm solche Roman- und Filmhelden wie ‚Der Schakal' oder ‚Die Nadel'.

Diese Typen wußten immer, was sie tun mußten. Wenn Mekke zu einem von denen gesagt hätte, er solle das Lager ausfegen, dann hätte er ratz-fatz ein Messer zwischen den Rippen gehabt. Insgeheim war Peter überzeugt, daß er auch über solche Fähigkeiten verfügte und daß es nur einer passenden Gelegenheit bedurfte, sie unter Beweis zu stellen.

Als er einmal aus dem Fenster schaute, sah er unten auf dem Gehweg einen Straßenfeger mit einem Handwagen für seine Mülltonne, der im Nieselregen den Fußweg fegte und den Dreck in die Tonne schaufelte. Peter beneidete ihn um seinen Arbeitsplatz und sein Einkommen, das sicherlich gering war, aber er bekam wenigstens jeden Monat einen Betrag, mit dem er rechnen konnte.

In der Zeitung wurden eine Menge Aushilfsjobs angeboten, bei denen man aber nur einige hundert Mark verdiente. Die interessierten Peter nicht. Wenn er schon morgens aufstehen und in die Kälte hinaus mußte, dann sollte auch so viel dabei herumkommen, daß er davon leben konnte. So setzte er seine ganzen Hoffnungen auf den kommenden Samstag, weil dann bestimmt mehr Anzeigen in der Zeitung stehen würden.

Endlich war der heißersehnte Samstag da. Peter ging wieder früh zum Zeitungsladen. Die Samstagsausgabe war wesentlich umfangreicher als Alltags.

Zu Hause blätterte er mit zitternden Händen den Teil mit den Stellenanzeigen auf. Diesmal suchte er sich gleich die Rubrik ‚Gewerbliche Angebote'. Es standen viel mehr Anzeigen drin, als Mittwochs, einige sogar dick umrandet mit fett gedruckter Berufsbezeichnung, die gleich ins Auge fallen sollte. Dabei handelte es sich aber um spezielle Fachberufe.

Für Lagerarbeiter fand er drei Angebote. Das erste stammte von einer Großhandlung für Ärztebedarf, das zweite von einer Elektrohandlung und das dritte von einem Zeitarbeitsunternehmen.

Von den ersten beiden Branchen verstand Peter nichts. Ob

das Zweck hatte? Aber er mußte es versuchen.

Er nahm das Telefon und wählte die Nummer von der Ärztebedarf-Großhandlung. Ein Anrufbeantworter teilte ihm mit, daß die Firma von Montag bis Freitag von acht bis achtzehn Uhr der Kundschaft zur Verfügung stehe. Ach ja, heute war ja Samstag!

Dann rief Peter die Elektrohandlung an. Es meldete sich ein Pförtner, der ihn zum Verkauf durchstellte. Hier erfuhr Peter aber nur, daß der für die Einstellungen zuständige Mitarbeiter erst Montag wieder im Hause sei.

Der dritte Versuch brachte erstmal überhaupt nichts, denn bei dem Zeitarbeitsunternehmen meldete sich niemand.

Der Samstagnachmittag und der Sonntag waren total öde. Peter hatte die Langeweile des Arbeitslosendaseins, besonders in der kalten Jahreszeit, unterschätzt. Sicherlich hätte er manches unternehmen können, aber egal, was ihm einfiel, alles kostete Geld, welches nun arg knapp war. Sein Bankguthaben betrug noch ungefähr 1.500 Mark. Am Monatsende waren Miete und Strom fällig, und irgendetwas mußte er ja schließlich auch essen. Also wäre er voraussichtlich Weihnachten pleite.

Für Montag früh hatte Peter sich extra den Wecker gestellt. Weil er sonst zur Zeit nicht früh aufstehen mußte, hatte sich sein Tagesrhythmus verschoben. Er schlief meistens bis neun oder zehn Uhr. Für die heutigen Anrufe erschien ihm das aber zu spät.

Zuerst rief er das Personalbüro der Ärztebedarf-Großhandlung an.

„Haben Sie solche Arbeit schon mal gemacht?" wollte der Chef wissen.

„Ja, ich habe sieben Jahre im Lager gearbeitet."

„Das meinte ich weniger. Ich wollte wissen, ob Sie entsprechende Branchenkenntnisse haben."

Peter mußte zugeben, daß er von Ärztebedarf nicht viel verstand.

„Dann tut es mir leid", sagte der Chef, „aber wir suchen jemand mit Erfahrung auf diesem Gebiet."

Das hatte Peter am Samstag schon befürchtet. Viel zu speziell.

Als nächstes rief er die Elektrohandlung an. Zu seinem Entsetzen mußte er hören, daß die Stelle schon besetzt war. Wie konnte das angehen? In der Zeitungsanzeige hatte auch die Adresse des Betriebes gestanden. Es konnte nur so gewesen sein, daß jemand mit seinen Papieren direkt dort hingegangen war, ohne erst einen Termin zu vereinbaren. Vielleicht wurde dort ganz eilig jemanden gebraucht, oder der Chef legte Wert auf solche Eigeninitiative und hatte den Bewerber vom Fleck weg eingestellt.

Das war überhaupt die Idee! Den Zeitarbeitsunternehmer würde er gar nicht erst anrufen, sondern persönlich dort vorstellig werden!

Es dauerte 20 Minuten, bis er seine bisherigen Zeugnisse gefunden hatte. Viele besaß er nicht. Das Abgangszeugnis von der Schule sah sehr mittelmäßig aus. Vom Gemüsegroßmarkt gab es er nur eine Arbeitsbescheinigung, weil er dort nur Gehilfe gewesen war. Die Papiere von Schreyner waren noch nicht eingetroffen, aber wahrscheinlich würde auch nur eine Arbeitsbescheinigung dabei sein. Was sollte in so einem Fall auch in einem Zeugnis stehen? Das einzige Zeugnis, das er sonst noch vorweisen konnte, stammte von dem Betrieb, wo er gearbeitet hatte, bevor er zu Schreyner gegangen war. Er fand es gar nicht so schlecht. Besonders gefiel ihm der Satz ‚Herr Heitrich hat sich stets im Rahmen seiner Fähigkeiten eingesetzt.' Hätte er die Geheimsprache der Personalchefs gekannt, dann hätte er gewußt, daß das im Klartext hieß: ‚Er hat getan was er konnte, und das war nicht viel.'

Mit seinen Unterlagen fuhr Peter zum Büro des Zeitarbeitsunternehmens. Eine freundliche Dame empfing ihn und bat ihn, einen Moment an einem Besuchertisch zu warten.

Drei Minuten später wurde er schon in ein Büro gebeten, in dem der zuständige Vermittler saß.

Nach der Begrüßung und dem „Bittenehmensieplatz" erklärte der Herr ihm, daß sein Auftraggeber, eine chemische Fabrik, für sechs Wochen eine Hilfskraft im Lager benötige, weil jemand krank geworden sei. Er fragte Peter nach seinen bisherigen Tätigkeiten und freute sich, daß der gleich seine Zeugnisse mitgebracht hatte.

Aber als er anfing, zu lesen, fiel ein Schatten über sein Gesicht. Die Freundlichkeit war vorbei. Nach längerem Studium der Papiere schüttelte er den Kopf und gab sie Peter zurück.

„Unser Auftraggeber gibt ein gewisses Anforderungsprofil vor. Nach dem, was ich von Ihnen gehört habe, muß ich Ihnen leider sagen, daß Sie nicht ganz diesen Wünschen entsprechen. Ich danke Ihnen für ihren Besuch und wünsche Ihnen viel Erfolg bei Ihrer Stellungssuche."

Peter spürte, daß er benebelt aufstand, sich verabschiedete und das Büro verließ. Erst draußen auf der Straße fragte er sich, wieso das eigentlich nicht geklappt hatte.

Am Dienstag besuchte er seine Eltern, die am anderen Ende der Stadt wohnten. Der Vater war ein kleiner Postbeamter gewesen, der vor einem Jahr mit einer ebenso kleinen Pension in den Ruhestand getreten worden war.

Natürlich hatte Peter den Eltern nicht erzählt, warum er arbeitslos geworden war. Die Predigten und das Gemecker wären nicht auszuhalten gewesen. Seine Eltern waren immer noch verstimmt, weil er damals keinen Beruf gelernt hatte, obwohl sie ihn auf Knien darum gebeten hatten. Für Peter war das damals ‚Beamtenbesserwisserei' gewesen.

Vor Peters Besuch lasen die Eltern die Zeitungen mit den Stellenanzeigen schon durch und schnitten alle Stellenangebote aus, die ihrer Meinung nach für ihren Sohn in Frage kamen. Stolz präsentierten sie ihm dann ihre Ausbeute und ermunterten ihn, sich doch hier und dort mal zu bewerben.

Peter verdrehte gequält die Augen. Alle diese Anzeigen kannte er selber schon durch seine Lektüre. Meistens wurde ein Facharbeiterbrief verlangt, den er nicht vorweisen konnte, oder es wurde Erfahrung auf einem speziellen Gebiet gewünscht, von dem er nichts verstand. Seine Eltern sahen das Ganze sehr naiv-optimistisch.

„Das macht doch nichts, man kann ja nicht überall ein Meister sein", sagte die Mutter. „Beim Vorstellungsgespräch mußt du einfach sagen, daß du dich bis jetzt in jedes Gebiet 'reingefummelt hast. Sollst mal sehen, solche Leute sind gefragt."

Und der Vater brachte einige Male seinen Lieblingsspruch: „Wer arbeiten will, findet auch Arbeit!"

Peter war froh, als er dem kleinbürgerlichen Mief wieder entfliehen konnte.

6. Verkaufstheorie

Am Mittwoch stand in der Zeitung unter der Rubrik ‚Gewerbliche Arbeitskräfte' wieder keine Anzeige, auf die er sich mit seinen Kenntnissen hätte bewerben können. Dafür meldeten die Schlagzeilen ständig neue Arbeitslosenrekorde. In so einer großen Stadt mußte es doch irgendwo einen Arbeitsplatz für ihn geben!

Ohne viel Hoffnung blätterte er diesmal auch das Kapitel mit den kaufmännischen Stellenanzeigen durch. Bei den meisten Stellenbeschreibungen verstand er gar nicht, was die Fachausdrücke bedeuteten. Nach ein paar Seiten fiel ihm eine dick eingerahmte Anzeige auf:

> Rezession ?
> > Personalabbau ?
> > > Betriebsaufgabe?
>
> Bei uns ist das Gegenteil der Fall: Wir expandieren!
>
> Wir sind eine namhafte Vertriebsorganisation für hochwertige Geschenkartikel und suchen mehrere junge Leute, die bei uns ihre Karriere als Verkäufer beginnen wollen.
> Voraussetzung sind nicht so sehr Ihre bisherigen Tätigkeiten oder Ihre Ausbildung, sondern in erster Linie gewandtes Auftreten und gepflegtes Äußeres.
> Selbstverständlich werden Sie von uns gründlich eingearbeitet.
> Interessiert? Dann rufen Sie wegen eines Vorstellungsgespräches unseren Herrn Eimbcke an.
>
> GVG - Geschenkartikel-Vertriebsgesellschaft

Es folgte die Adresse und die Telefonnummer.

Peter las die Anzeige mehrere Male durch. Es war das erste Mal, daß ein Unternehmen nicht Wert auf die Zeugnisse, sondern auf die Person legte.

‚Verkäufer' hörte sich gut und seriös an. ‚Wir expandieren' war in der jetzigen wirtschaftlichen Lage geradezu eine Wohltat für den Leser. Und ‚mehrere junge Leute' bedeutete auch mehrere Chancen, selbst wenn sich 100 Bewerber einfinden sollten. Peter griff zum Telefonhörer und rief die angegebene Nummer an.

Es meldete sich eine junge Frau mit der flötenden Stimme einer versierten Telefonistin. Peter fragte nach Herrn Eimbcke wegen der Stellenanzeige. Kurz darauf wurde er mit dem hohen Herrn verbunden.

„Eimbcke!" meldete sich eine typische dynamische Managerstimme.

Peter stotterte etwas verunsichert, brachte dann aber doch hervor, daß er wegen der Stellenanzeige anrufe.

„Jaaa!" sagte Herr Eimbcke erfreut, „Was machen Sie denn zur Zeit beruflich?"

Nanu? In der Anzeige stand doch, daß das unwichtig wäre. Aber das sagte Peter dem dynamischen Herrn Eimbcke natürlich nicht.

„Ich habe nach der Schule im Speditionsgewerbe angefangen und war zuletzt als Lagerverwalter in einer technischen Großhandlung tätig. Dort wurde leider Personal abgebaut. Deswegen bin ich jetzt arbeitslos."

Diesen Spruch hatte er sich vorher zurechtgelegt. Das war dick aufgetragen, um nicht zu sagen: gelogen. Aber er wollte nicht gleich seine Chancen verderben, indem er sagte, daß er ungelernter Arbeiter sei und bei der letzten Stelle gefeuert worden war.

„Prima!" sagte Herr Eimbcke erfreut. „Mit diesen Kenntnissen können Sie bei uns viel erreichen."

Peter wurde in seinem Sessel zehn Zentimeter größer. Er

konnte nicht wissen, daß der dynamische Herr Eimbcke für jeden Bewerber, ob nun ungelernter Arbeiter oder arbeitsloser Lehrer, einen passenden Spruch parat hatte.

„Wir sollten uns zu einem kurzen persönlichen Gespräch treffen", sagte Herr Eimbcke. „Paßt es Ihnen besser heute um 15 Uhr oder morgen um 10 Uhr?"

„Äh... heute um 15 Uhr ist gut", hörte Peter sich sagen. Der Termin wurde festgehalten, Herr Eimbcke versicherte, daß er sich freue, und das Gespräch war beendet.

Danach fühlte sich Peter etwas überfahren. Auf solch einen Termin hätte er sich gerne vorbereitet. Jetzt war es 11 Uhr. In drei Stunden mußte er schon aufbrechen.

In diesen drei Stunden ließ er sich wieder und wieder durch den Kopf gehen, was er sagen und auf alle möglichen Fragen antworten wollte, damit seine Aufschneiderei mit dem Lagerverwalter nicht ans Licht kam. Er beschloß, keine Zeugnisse zu dem Gespräch mitzubringen. Sie waren ohnehin nicht sonderlich brauchbar. Aber seinen (einzigen) feinen Anzug würde er anziehen, um Eindruck zu schinden. Natürlich konnte er dann nicht mit dem Moped dort aufkreuzen, sondern mußte den Bus nehmen.

Eine Viertelstunde vor dem Termin stand er vor dem Bürohaus, in dem die GVG in der 4. Etage residierte, wie ein Schild am Eingang verriet. Es war ein durchschnittliches Bürohaus in einer durchschnittlichen Bürohaus- und Gewerbegegend. Etwa an jedem fünften Gebäude hing ein Plakat mit der Aufschrift ‚Büroflächen zu vermieten' und Name und Telefonnummer des Maklers. Auch hier konnte man die Rezession sehen.

Peter fuhr mit dem Fahrstuhl in die 4. Etage und stand gleich darauf vor einer Milchglastür, an der ein Schild mit den drei goldenen, ineinander verschlungenen Buchstaben GVG auf das Unternehmen hinwies. Er betätigte den Klingelknopf neben der Tür.

Gleich darauf wurde ihm von einer eleganten jungen Sekretärin geöffnet.

„Heitrich", stellte er sich vor. „Ich bin bei Herrn Eimbcke bestellt."

„Kommen Sie doch herein, Herr Heitrich, und nehmen Sie dort bitte Platz!" Peter erkannte die flötende Stimme wieder, mit der er zuerst telefoniert hatte. „Herr Eimbcke steht sofort zu Ihrer Verfügung."

Peter setzte sich in eine elegante Ledercouch. So eine Behandlung hatte er noch nie bei einem Arbeitgeber erfahren. Er fühlte sich sicherer und wichtiger.

Neugierig sah er sich um. Vom modern eingerichteten Empfangsraum, wo die Sekretärin saß, gingen bloß vier Türen ab. Auf einer davon klebte ein Schemamännchen und das dazu passende Schemaweibchen, also war das offenbar die Klotür. Auf einer zweiten Tür stand ‚Lager', auf der dritten ‚Konferenzraum' und auf der vierten Tür

Gerd Eimbcke
Verkaufsleiter der GVG

Peter wunderte sich, daß die große Firma GVG so wenig Räume besaß. Er hatte sich ein ganzes Firmengebäude vorgestellt.

Die elegante Sekretärin ging inzwischen zu ihrem hochmodernen Schreibtisch, drückte den Knopf einer Sprechanlage und flötete in den Kasten:

„Herr Eimbcke, der Herr Heitrich ist eben eingetroffen."

„Ja, danke!" nuschelte der Kasten zurück.

Gleich darauf wurde die vierte Tür aufgerissen, und Herr Eimbcke trat heraus, um Peter Heitrich zu begrüßen. Er sah wirklich so aus, wie man aus seiner Telefonstimme schließen konnte: Von oben bis unten der dynamische junge Manager, tadellos gekleidet und von blendendem Aussehen.

„Herr Heitrich, ich grüße Sie", sagte er strahlend, ging mit großen, federnden Schritten auf Peter zu und streckte ihm die Hand entgegen.

„Frau Heißenbüttel, zwei Kaffee bitte!" sagte er zur Sekretärin, während Peter in den Besuchersessel von Herrn Eimbckes Büro geleitet wurde. Es war mit flauschigem Teppich, teuren Eichenmöbeln und üppigen Hydrokulturen ausgesprochen behaglich eingerichtet.

Kurz darauf wurde der Kaffe serviert, und dann saß Peter mit Herrn Eimbcke allein im Büro.

Er hatte das Gefühl, im falschen Kino zu sitzen.

„Ja, Herr Heitrich", begann Herr Eimbcke, „Ihre bisherige Tätigkeit haben Sie mir ja in unserem Telefonat bereits umrissen. Hat mir imponiert, daß Sie sich von unten hochgearbeitet haben. Genau das, was wir brauchen. Jetzt schildere ich Ihnen kurz, wer wir sind und was wir machen, damit Sie sich ein Urteil bilden können, ob Sie für uns tätig werden wollen."

Peter fühlte sich ungemein beruhigt, daß Herr Eimbcke keine weiteren Fragen an ihn stellte. Somit war alles, was er in den letzten drei Stunden gegrübelt und sich zurechtgelegt hatte, nicht mehr erforderlich.

„Wir befassen uns mit dem Vertrieb hochwertiger Geschenkartikel, sind also in einem Marktsegment tätig, das keine Konjunkturschwankungen kennt. Unsere Artikel werden immer gebraucht!"

Sein Tonfall wurde richtig euphorisch.

„Wir haben keine Ladengeschäfte. Die würden uns durch die Mieten und so weiter nur unnötig viel von unserem wirklich märchenhaften Gewinn abschöpfen. Wir bevorzugen den direkten Kontakt von Mensch zu Mensch. Die meisten unserer Mitarbeiter sind im kleinen Rahmen nebenberuflich bei uns eingestiegen und haben sich dann hochgearbeitet.

Sie fangen mit dem Verkaufen im vertrauten Kreis an, nämlich im Bekanntenkreis. Durch Mundpropaganda werden Sie als günstige Einkaufsquelle weiterempfohlen, und bald werden die Kunden auf SIE zukommen!"

Bei dem „Sie" piekste er mit dem Zeigefinger in Peters Richtung.

„Zusätzlich haben Sie auch noch die Einkünfte aus eigener Akquisition. Bald werden Sie den Rahmen des Nebenberufs verlassen und hauptberuflicher Verkäufer werden."

Peter nickte interessiert mit dem Kopf. Er traute sich nicht, zu fragen, was ‚Akquisition' sei und damit zuzugeben, daß er vom Kaufmännischen nichts verstand. In der Anzeige hatte etwas von ‚gründlicher Einarbeitung' gestanden, also würde man ihm das alles noch beibringen. Außerdem sprach Herr Eimbcke so selbstsicher und überzeugt, daß Peter alles als zutreffend hinnahm.

„Ihre Arbeitszeit können Sie frei gestalten", fuhr Herr Eimbcke fort. „Ob Sie vormittags, nachmittags, abends oder den ganzen Tag arbeiten, oder ob Sie sich mal einen Tag auf dem erreichten Wohlstand ausruhen wollen, ist ganz Ihnen überlassen. Haben Sie schon mal in einem Betrieb gearbeitet, der Ihnen solche Freiheiten bietet?"

Bestimmt nicht! Wenn bei Schreyner mal ein Kollege morgens fünf Minuten zu spät kam, dann wurde der von den Anderen gleich mit „Mahlzeit!" begrüßt.

„Einen Vorteil bietet Ihre jetzige Situation noch", hob Herr Eimbcke hervor. „Die Leute, die nebenberuflich bei uns anfangen und den ganzen Tag bereits im Hauptberuf gearbeitet haben, sind abends natürlich nicht mehr so frisch und munter, wie morgens. Da Sie zur Zeit keine hauptberufliche Anstellung haben, können Sie gleich vormittags ausgeruht an Ihrer Karriere arbeiten."

Zum ersten Mal erlebte Peter, daß jemand außer Sabine in seiner Arbeitslosigkeit einen Vorteil sah. Er begann, Gefallen an der kaufmännischen Laufbahn zu finden und sagte das auch.

„Freut mich, daß Sie mir Ihren Willen zum Erfolg signalisieren!" strahlte Herr Eimbcke. „Dann darf ich Sie zu unserem Einsteiger-Seminar am Samstag, zehn Uhr, hier im Hause einladen. Es gibt ja noch mehr junge Leute, die gern beruflich aufsteigen wollen, deswegen machen wir das so, damit ich nicht jedem einzeln alles erklären muß."

Peter blickte Herrn Eimbcke besorgt an. „Noch mehr Leute" hieß ja, daß es noch Konkurrenten bei der Bewerbung gab.

Herr Eimbcke schien seine Gedanken erraten zu haben.

„Keine Angst!" sagte er mit zuversichtlichem Lächeln, „Sie sind mein Mann, ich sehe das. Und selbst, wenn die anderen Bewerber sich ebenfalls als geeignet erweisen, gebrauchen kann ich Sie alle."

Dabei machte er mit den Armen eine weit ausholende Bewegung, als wollte er alles in Reichweite einkassieren.

Peter wurde von Herrn Eimbcke und Frau Heißenbüttel höflich verabschiedet. Er fühlte sich wie ein erfolgreicher Verkäufer, obwohl er bis jetzt nur sich selbst verkauft hatte.

Auf der Straße fuhr ein eleganter Jaguar vorbei.

‚Das Mopedfahren hat jetzt auch bald ein Ende', dachte Peter zuversichtlich, während er zur Bushaltestelle ging. In Gedanken malte er sich aus, wie er den Verkaufsraum eines Jaguar-Händlers betrat und sich dort, äußerst zuvorkommend bedient, einen schönen Wagen aussuchte.

Zu Hause angekommen traf er im Treppenhaus Sabine, die gerade vom Einkaufen kam.

„Mensch, Bienchen, stell' dir vor, ich hab' einen tollen Job so gut wie in der Tasche!"

„Ach? Erzähl' mal!"

Und Peter berichtete ihr von dem Vorstellungsgespräch bei der GVG.

Zu seiner großen Enttäuschung reagierte Sabine sehr zurückhaltend.

„Geschenkartikel verkaufen? Ohne Laden, so von Mensch zu Mensch? Das hört sich ja nach Klinkenputzen an."

Peter war sauer, wollte sich aber seine euphorische Stimmung nicht verderben lassen. Außerdem stand für ihn längst fest, daß Sabine seine erste Kundin und somit die Initialzündung für seine Karriere sein sollte.

„Das siehst du zu negativ." sagte er beruhigend. „Am Samstag muß ich zu einem Seminar. Dort werden wir in die neue Arbeit eingeführt. Und wir erfahren auch, was es an Gehalt gibt."

Dabei machte er ein geheimnisvolles Gesicht. Er kannte Sabines Neugier, und mit solchen Andeutungen konnte er ihr Interesse an seiner neuen Tätigkeit bei Laune halten.

Peter bedauerte, daß es erst Mittwoch war. Die Tage bis Samstag kamen ihm so endlos lang vor, wie früher in der Schule die Geschichte-Stunden, die ihn nie auch nur für fünf Pfennig interessiert hatten.

Endlich war der ersehnte Samstag gekommen. Peter rasierte sich morgens besonders sorgfältig und zog sein bestes Hemd und den einzigen feinen Anzug mit seinem einzigen Schlips an. Dazu noch der elegante lange Mantel, und er sah in keiner Weise mehr so aus, wie der unterbelichtete Hilfsarbeiter.

Er fuhr mit dem Bus zu dem Bürohaus, in dem die Räume der GVG lagen. Jetzt am Samstag herrschte wenig Verkehr, die Gewerbegegend wirkte ruhig.

Oben im Büro wurde er von Frau Heißenbüttel freundlich begrüßt. Er sah, daß man die Räume extra für das Seminar dekoriert hatte: Der Weg von der Eingangstür zu dem Raum, auf dessen Tür ‚Konferenzraum' stand, war von etwa quadratmetergroßen Werbetafeln auf Ständern gesäumt, auf denen dem Betrachter eine goldene Zukunft mit Hilfe der GVG versprochen wurde. Auf jedem Plakat prangte das GVG-Logo. Eines der Poster zeigte einen dynamischen, jungen Verkäufertyp, der in einem teuren Anzug neben einem teuren Wagen stand und mit dem Autotelefon einen offenbar wichtigen Geschäftsabschluß besprach. Darunter stand: ‚Und wann machen Sie den ersten Schritt?'. Ein anderes Plakat zeigte zwei junge, elegante und wohlhabende Ehepaare vor dem Hintergrund einer teuren Wohnungseinrichtung. Darunter stand: ‚Mit der GVG gelangen auch Sie zu Erfolg und Wohlstand!'.

Peter dachte frustriert an seine billigen Spanplattenmöbel vom Abholmarkt. Entschlossen straffte er seine Haltung und betrat mit festem Schritt den Konferenzraum.

Fünf Männer und eine Frau saßen bereits dort und schwiegen mit unsicherem Blick vor sich hin.

„Guten Morgen!" hörte Peter sich zu seiner Überraschung laut und deutlich sagen. Gedämpftes Gemurmel der Anwesenden kam als Antwort.

‚Na, wenn das meine Konkurrenten sind, habe ich wohl gute Karten', dachte Peter beruhigt und setzte sich an einen freien Platz am Konferenztisch. Es fiel auf, daß alle Anwesenden sorgfältig Abstand vom Rednertisch hielten, an dem offenbar gleich Herr Eimbcke Platz nehmen würde.

Innerhalb der nächsten zehn Minuten erschienen noch drei Männer und eine Frau, murmelten gedämpft ihre Begrüßung, setzten sich respektvoll entfernt vom Rednertisch hin und schwiegen.

Endlich betrat Herr Eimbcke strahlend sowie perfekt gekleidet und frisiert den Konferenzraum. Ihm folgten noch zwei junge Männer, die genau so strahlend sowie perfekt gekleidet und frisiert waren, aber noch viel jünger, etwa Anfang 20. Die Beiden nahmen vorne am Rednertisch Platz. Herr Eimbcke blieb zwischen ihnen stehen.

„Guten Morgen allerseits!" rief er freudig ins Publikum. Verhaltenes Gebrummel, daß sich so ähnlich wie „Morgen" anhörte, war die Antwort.

Herr Eimbcke machte ein gespielt-enttäuschtes Gesicht. „Na, was ist denn das für eine Begrüßung? Sie sind doch keine Angestellten, die jeden Morgen die selben Fressen sehen! Heute ist doch ein besonderer Tag! Heute machen Sie doch den ersten Schritt zu erfolgreichen Geschäftsleuten!"

Die Mienen der Bewerber hellten sich auf, es gab vereinzeltes Gelächter.

„Also, noch einmal: Guten Morgen allerseits!"

„Guten Morgen!" kam es viel fröhlicher und lauter zurück.

„Na prima!" strahlte Herr Eimbcke. „Ich heiße Sie herzlich willkommen zu unserem Einsteiger-Seminar. Heute lernen Sie, was Sie für Ihre zukünftige Tätigkeit brauchen, weiterhin die Aufbaustruktur des Unternehmens und natürlich, sehr wichtig, (er hob gebieterisch den rechten Zeigefinger) was bei uns verdient wird!"

Alle Blicke richteten sich jetzt gespannt auf ihn.

„Eine Frage", sagte Herr Eimbcke lächelnd, „Wer von Ihnen hat Angst vor uns?" Natürlich meldete und rührte sich niemand.

„Das ist ja gut!" strahlte Herr Eimbcke wieder. „Dann spricht ja nichts dagegen, daß Sie sich etwas näher zu uns setzen, dann brauchen wir nicht so zu grölen."

Wieder gab es Gelächter, und alle elf Bewerber rückten weiter zum Rednertisch.

„Ich möchte Ihnen zuerst zwei meiner Mitarbeiter vorstellen", fuhr Herr Eimbcke fort, „Herrn Weyhaus" (er wies auf den strenger blickenden jungen Mann) „und Herrn Matisek" (er wies auf den fröhlicher blickenden jungen Mann). „Beide Herren sind Gebietsleiter der GVG. Und jetzt sind Sie an der Reihe." Bei dem „Sie" piekste er mit dem Zeigefinger in Richtung des Publikums. „Ich möchte Sie alle bitten, sich kurz vorzustellen. Name, Alter und Beruf genügt."

Gehorsam folgten die elf Anwesenden der Bitte, die ersten unsicher und stotternd, die weiteren immer selbstsicherer. Die elf Bewerber bestanden aus sieben Arbeitslosen, zwei Studenten, einem Angestellten und einem Beamten, die alle etwas dazuverdienen wollten.

Herr Eimbcke fuhr mit seiner Schulung fort.

„Ich hatte Ihnen ja bereits beim ersten Gespräch gesagt, daß die Keimzelle Ihrer Karriere Ihr Bekanntenkreis ist, und von

Ihren Bekannten werden Sie als günstige Bezugsquelle weiterempfohlen an Leute, die Sie bis dahin noch nicht kannten, und auch von denen werden Sie wieder weiterempfohlen, so daß Sie sich schon nach einiger Zeit vor Arbeit kaum retten können."

Wieder gab es Gelächter.

„Wie viele Freunde und Bekannte haben Sie denn?" fragte er unvermittelt eine der beiden jungen Damen, die sich als Studentin vorgestellt hatte.

„Äh... tja... so ungefähr... äh... zwölf ", antwortete die Studentin mit rotem Kopf.

„Ja, ich sehe schon", antwortete Herr Eimbcke lächelnd, „wir müssen Ihren Gedächtnissen wohl mit einem kleinen Spiel auf die Sprünge helfen. Und wie das bei einem Spiel so ist, gibt es auch etwas zu gewinnen."

Dabei hob er den Gewinn hoch. Es handelte sich um ein Buch mit dem Titel ‚Redekunst für den erfolgreichen Verkäufer' oder so ähnlich.

„Sie bekommen jeder eine Liste, in der Sie alle Verwandten, Freunde und Bekannten auflisten, die Ihnen durch den Kopf gehen. Ich denke, zehn Minuten werden reichen, um mindestens 30 Namen aufzuschreiben."

Es gab erstauntes Gemurmel, während Herr Eimbcke die Zettel austeilte.

In der ersten Zeile stand darauf fett gedruckt: ‚Die Keimzelle Ihrer Karriere: Ihr Bekanntenkreis'. Darunter stand als Denkhilfe in kleinerer Schrift: ‚Verwandte, Bekannte, Freunde, Nachbarn, Mitschüler, Arbeitskollegen, Clubmitglieder, Sportverein'. Es folgten Spalten mit den Überschriften ‚Name, Adresse, Telefon'.

Alle Bewerber begannen eifrig zu schreiben. Peter grübelte und überlegte, aber mehr als 20 Namen fielen ihm nicht ein. Hoffentlich machte er deswegen nicht einen zu schlechten Eindruck!

Den Preis gewann einer der Arbeitslosen, ein junger Ingenieur, der es tatsächlich geschafft hatte, in den zehn Minuten 51 Namen aufzulisten. Auch der zweite Sieger mit 44 Namen wurde lobend erwähnt, danach jedoch keiner mehr. Herr Eimbcke bemühte sich sorgfältig, die sich allmählich entwickelnde positive Stimmung zu erhalten. Jetzt bloß keine Kritik!

„Na, finden Sie das Ergebnis auch so phantastisch wie ich? Überlegen Sie mal: Wenn Sie z.B. 30 Personen auf Ihrer Liste haben, und jeder kauft für 30 Mark Geschenkartikel, was jetzt in der Adventszeit ein Selbstgänger ist, dann haben Sie bereits 900 Mark Bruttoeinnahmen, ohne daß Sie dafür irgendeine fremde Person hätten ansprechen müssen. Und jede der 30 Personen empfiehlt Sie an zwei weitere Leute, also 60 neue Kunden, bei denen Sie sich auf Ihre gemeinsamen Bekannten berufen können, was Ihnen Tür und Tor öffnet - bums, haben Sie wieder 1.800 Mark in der Kasse!"

Es gab erstaunte Gesichter. Die ersten der Bewerber fragten sich, warum sie nicht schon viel früher Verkäufer geworden waren, wenn man damit so einfach Geld verdienen konnte.

Die psychologische Seelenmassage des Herrn Eimbcke begann zu wirken.

„Jetzt sind wir gerade so schön beim Thema ‚Kohle machen', dann schildere ich Ihnen jetzt die Einzelheiten."
Er trat an die Wandtafel hinter dem Rednertisch und nahm ein Stück Kreide.

„In der Regel fangen unsere Mitarbeiter nebenberuflich bei uns an, das muß aber nicht so sein. In dieser Stufe, also während der Ausbildung, nennt sich so ein Verkäufer ‚Außendienstmitarbeiter der ersten Stufe', abgekürzt AM1." Er schrieb unten an die Tafel ‚AM1'.

„Jeder Artikel in unserem Sortiment hat eine bestimmte Punktezahl, je nach Wert. Für jeden verkauften Artikel bekommen Sie also die entsprechenden Punkte gutgeschrieben, und daraus errechnet sich Ihr Einkommen: Pro Punkt eine Mark."

Er schrieb an die Tafel hinter dem ‚AM1': ‚1,-DM/Punkt'.

Dann hielt er ein (goldenes?) Armband hoch.

„So ein Armband zum Beispiel bringt dem AM fünf Punkte ein. Und wenn der AM1 es in einem Monat schafft, 1000 Punkte zu erreichen, wird er befördert zum Außendienstmitarbeiter der 2. Stufe, zum AM2. Das ist bei ganz fleißigen Mitarbeitern schon nach dem ersten Monat der Fall, normalerweise nach dem zweiten oder dritten Monat. Der AM2 bekommt dann bereits zwei Mark für jeden gutgeschriebenen Punkt."

Er schrieb an die Tafel über die Zeile ‚AM1: 1,-DM/Punkt' eine neue Zeile ‚AM2: 2,-DM/Punkt'.

„Und wenn Sie dann so richtig fit sind und jeder Kunde Ihnen ein paar neue Kunden verschafft, und wenn Sie dann auch eigene Akquisition betreiben, also selbst auf Kundensuche gehen, dann werden Sie in einem schönen Monat 1500 Punkte gesammelt haben. Als Anerkennung für diese Leistung steigen Sie dann auf zum Außendienstmitarbeiter der 3. Stufe, zum AM3 und erhalten ab da drei Mark pro Punkt."

Herr Eimbcke trat wieder an die Tafel und schrieb als 3. Zeile von unten ‚AM3: 3,-DM/Punkt'.

Er stellte sich wieder vor sein Publikum, setzte ein geheimnisvolles Lächeln auf, faltete die Hände vor dem Bauch und machte einige Sekunden Kunstpause. Dann sprach er mit bedeutungsvoll gesenkter Stimme:

„Und wenn Sie gedacht haben, damit hätte das Geldverdienen ein Ende, dann haben Sie sich geirrt. Jetzt geht es erst richtig los!"

So viel Aufmerksamkeit und gespannte Stille, wie in diesem Moment hätte sich mancher Bundestagsabgeordnete gewünscht. Es fehlte nur noch der Trommelwirbel.

„Denn jetzt kommt der eigentliche Wendepunkt in Ihrer Karriere: Der Übergang in den Hauptberuf als Gebietsleiter der GVG!"

Die Bewerber saßen wie erstarrt und warteten gespannt auf die Auskunft, wie nun dieser bedeutungsvolle Beförderungsschritt vollzogen werden sollte.

„Sie werden ja wohl schon bemerkt haben, daß Sie, wenn Sie die Sache ehrgeizig anpacken und sich von jedem Ihrer Bekannten weiterempfehlen lassen, eine richtige Lawine lostreten."

Peter stutzte. Das Wort ‚Lawine' ließ ihn an Schnee denken, und aus einer Ecke seines Gedächtnisses purzelte dazu passend das Wort ‚Schneeballsystem'. Aus Informationssendungen im Fernsehen wußte er, daß das irgendwie etwas Schlechtes war, von dem man die Finger lassen sollte. Aber in den bisherigen Ausführungen des Herrn Eimbcke hatte er keinen Haken an der Sache gefunden. Er beschloß, nicht durch dumme Zwischenfragen aufzufallen, sondern sich den Vortrag bis zum Ende anzuhören und dann zu sehen, ob ihm die GVG immer noch gefiel.

„Das heißt", fuhr Herr Eimbcke fort, „daß Sie bald gar nicht mehr alle Kunden alleine aufsuchen können, Sie brauchen Gehilfen. Und was liegt nun näher, als jeden Kunden auch zu fragen, ob er nicht für die GVG tätig werden will? In der heutigen Zeit, in der viele Leute arbeitslos sind oder rückläufige Einkommen verkraften müssen, ist der Wunsch nach einer lukrativen Nebentätigkeit groß. Sie brauchen also gar nicht lange nach Bewerbern zu suchen. Und Sie haben noch einen Vorteil auf Ihrer Seite: Sie kennen ja Ihre Bekannten, bei denen Sie Ihre Karriere starten, Sie wissen also genau, wen Sie für eine Vertriebstätigkeit begeistern können. Und wenn Sie neben den phantastischen Verdienst- und Karriereaussichten auch noch darauf hinweisen, daß derjenige Ihnen damit als Freund einen Gefallen tut und umgekehrt Sie ihm bei seiner Ausbildung zum Verkäufer behilflich sein können, wer will dann noch ablehnen? Das können doch nur Schlaftabletten sein, die noch nicht begriffen haben, daß es in der heutigen Zeit nur noch zwei Sorten Leute gibt: Die Schnellen und die Toten!"

Eine der beiden jungen Frauen fing an, zu gackern und

steckte mit Ihrem Gelächter das ganze Publikum an.

Nachdem sich alle wieder beruhigt hatten, präsentierte Herr Eimbcke endlich die Bedingungen für die Beförderung zum Gebietsleiter.

„Wenn Sie als AM3 in einem Monat 1500 Punkte erreicht haben und zusätzlich noch drei neue Mitarbeiter angeworben haben, und diese es bis zum AM2 gebracht haben, dann können wir davon ausgehen, daß Sie auch in Personalführung fit sind. Als Anerkennung werden Sie zum Gebietsleiter der GVG ernannt. Wissen Sie, was Sie dann verdienen?!" Herr Eimbcke schrie die Frage herausfordernd ins Publikum.

„Drei Mark pro Punkt!" schrie er die Antwort gleich hinterher. „Für Ihre eigenen Verkäufe UND für JEDEN Punkt, den einer Ihrer Mitarbeiter erreicht! Wenn Sie beispielsweise einen AM1 führen und der an 20 Tagen im Monat nebenberuflich nur 10 Punkte täglich sammelt, dann sind das 200 Punkte, also für Sie 600,- DM im Monat nebenher, nur durch die Ausbildung und Führung dieses einen AM. Herr Weyhaus und Herr Matisek haben beide den Rang eines Gebietsleiters nach nur drei bzw. vier Monaten erreicht!"

Alle Bewerber saßen mit aufgesperrten Augen, Ohren und Nasenlöchern da und nahmen sich fest vor, so schnell wie möglich mindestens zum AM3 aufzusteigen und sich dann Mitarbeiter zu suchen. Die Zukunftsaussichten schienen ja märchenhaft!

„Selbstverständlich können Sie auch bereits als AM1 neue Mitarbeiter anwerben. Für jeden Mitarbeiter, der bei uns ernsthaft anfängt, bekommen Sie 50 Punkte gutgeschrieben! Allerdings mit einer kleinen Verzögerung: Die 50 Punkte erhalten Sie erst nach Ihrer Beförderung zum AM2. Die müssen Sie sich schon durch Verkäufe verdienen. Schließlich soll ein Außendienstmitarbeiter ja erstmal nachweisen, daß er auch verkaufen kann und nicht nur von der Anwerbung neuer Mitarbeiter leben. Und ob Sie es glauben oder nicht", fuhr Herr Eimbcke fort, „damit ist immer noch nicht das Ende der Fahnenstange erreicht! Denn wenn mindestens drei Ihrer AM3 zum Gebietsleiter befördert worden sind, dann können Sie sich mit Händen und Füßen wehren, Sie werden dann automatisch Verkaufsleiter und erhalten ab da drei Mark für jeden Ihrer eigenen Punkte und die Ihrer sämtlichen Außendienstmitarbeiter und Gebietsleiter! Und natürlich zählt jeder neu angeworbene ernstzunehmende Außendienstmitarbeiter ebenfalls 50 Punkte."

Jetzt mußte er Pause machen, denn die Schreierei hatte ihn angestrengt. Er trank einen Schluck aus dem Glas auf seinem Rednertisch.

„Wenn Sie diesen Rang erreicht haben", fuhr er wesentlich leiser und mit ruhiger Stimme fort, „dann gehören Sie zur Oberschicht. Dann gibt es für Sie keine Wirtschaftskrise mehr. Krisen gibt es nur für die Unterschicht."

Das Wort „Unterschicht" hatte fast einen verächtlichen Tonfall.

„Über dem Verkaufleiter geht es noch weiter. Sie können es auch bis zum Verkaufsdirektor bringen, der sozusagen eine ganze Großstadt unter sich hat. Aber darüber unterhalten wir uns in zwei Monaten, bei Ihrer Beförderungsparty zum AM3."

Aus dem Publikum kam ungläubiges Kichern.

„Nun haben Sie die Aufbau- und Ablauforganisation der GVG kennengelernt", schloß Herr Eimbcke den ersten Teil des Seminars. „Wir werden jetzt eine kleine Stärkung zu uns nehmen, und dann kommt der wichtigste Teil unserer Schulung: Wie verkauft man erfolgreich? Diese Kenntnisse werden Ihnen dann Herr Matisek und Herr Weyhaus vermitteln." Er wies auf die Beiden, die bis jetzt schweigend vorne saßen.

Die Teilnehmer verließen den Konferenzraum. Im Vorraum waren inzwischen die Reklametafeln der GVG entfernt worden, und Frau Heißenbüttel hatte auf zwei Tischen große Kaffeekannen sowie mehrere Platten mit belegten Brötchen aufgebaut.

Die Teilnehmer standen in kleinen Gruppen oder alleine essend, trinkend und schwatzend herum. Herr Eimbcke ging von Gruppe zu Gruppe und auch zu den alleine essenden, trinkenden und schweigenden Bewerbern und lockerte die Stimmung mit optimistischen Späßchen und Erzählungen aus seiner Anfangszeit als AM1 auf.

Nachdem alle Brötchen vermampft und die Kaffeekannen geleert waren, wurden die Teilnehmer wieder in den Konferenzraum gebeten. Jemand hatte inzwischen einige Geschenkartikel aus dem Sortiment der GVG vorne auf dem Rednertisch ausgelegt.

Jetzt ging Herr Matisek nach vorn, während Herr Eimbcke auf dem leeren Stuhl neben Herrn Weyhaus Platz nahm.

„Ja, meine Damen und Herren!" begann Herr Matisek, „Wie verkaufen wir einem Interessenten unsere Waren, das ist hier die Frage. Und da Sie ja gewiß empfänglich für Negativ-Beispiele sind, werde ich Ihnen am besten mal vorführen, wie Sie es nicht machen sollen."

Er nahm vom Tisch einen Kugelschreiber in dekorativer Verpackung und trat vor sein Publikum.

„Jetzt brauche ich noch einen potentiellen Kunden, darf ich Sie mal nach vorne bitten?" Er wies auf den Bewerber, der sich als Beamter vorgestellt hatte. Der stand auf und ging mit sichtlichem Unbehagen zum Rednertisch.

„Ich versuche jetzt, Ihnen dieses Schreibgerät zu verkaufen." erklärte Herr Matisek. „Und die anderen Teilnehmer passen bitte auf, was ich besser machen könnte."

Er nahm eine bucklige, unterwürfige Haltung an, setzte einen ängstlichen Gesichtsausdruck auf und trat verlegen von einem Bein auf das andere. Die Bewerber lachten ausführlich über diese Pantomime.

„Brauchen Sie vielleicht noch einen Kugelschreiber?" fragte er mit leiser, zitternder Stimme den Beamten, der zusammen mit dem Publikum wieder lachen mußte.

„Was habe ich alles falsch gemacht?" fragte Herr Matisek,

jetzt wieder mit normaler Haltung und Stimme, sein Publikum.

„Die Körperhaltung!" riefen einige der Teilnehmer ihm zu.

„Die Stimme! Viel zu mickrig!" grölte jemand anders.

„Richtig!" bestätigte Herr Matisek und schrieb an die Tafel KÖRPERHALTUNG und darunter STIMME.

„Was noch?" fragte er dann.

„Na, so wie Sie gesprochen haben!" antwortete eine der beiden Frauen. „Wenn der Kunde jetzt ‚nee' gesagt hätte, dann hätten Sie als Verkäufer schön doof dagestanden."

„Völlig richtig!" lobte Herr Matisek den Beitrag und schrieb an die Tafel AUSDRUCKSWEISE.

„Und jetzt wollen wir das alles mal besser machen!" kündigte er an. „Wenn ich Sie nochmal bemühen dürfte?!" Er führte den Beamten, der die ganze Zeit ratlos grinsend vorne gestanden hatte, wieder etwas in die Mitte, nahm eine aufrechte Haltung an, machte ein autoritäres Gesicht und nahm sich vom Tisch eine kleine Taschenlampe in Form eines Kugelschreibers.

„Kommen Sie, mein Herr!" sagte er laut zu dem ‚Kunden', „Sie brauchen auch so eine Taschenlampe, das sehe ich. Und wo jetzt die dunkle Jahreszeit ist und Sie noch Weihnachtsgeschenke suchen, brauchen Sie mehr als nur eine Lampe. Und das Beste: Dieser High-Tech-Artikel kostet zur Zeit nur zehn Mark, ein kurzfristiges Werbeangebot!"

„Wo ist denn der Schalter?" fragte der Beamte, der auch mal etwas sagen wollte.

„Hier an der Seite", antwortete Herr Matisek ungeduldig. „Also, brauchen Sie zwei oder besser gleich drei Stück?"

„Und wo kommen die Batterien ‘rein?" wagte der Beamte zu fragen.

„Na, hier hinten natürlich, wo das Batteriesymbol ist! Mein Gott, sind Sie blöd!"

Tosendes Gelächter brach aus. Die Bewerber hingen gakkernd in ihren Stuhllehnen oder lagen mit ihren Oberkörpern auf den Tischen. Auch der ernste, unnahbare Herr Weyhaus verzog sein Gesicht zu einer Grimasse, die mit Phantasie als Lächeln bezeichnet werden konnte.

Herr Eimbcke grinste auch. Aber nur äußerlich. Innerlich war ihm nicht nach Grinsen zumute.

,Hoffentlich halten ein paar von den Hampelmännern länger durch, als nur die Startphase!' dachte er gerade. Einer seiner Gebietsleiter hatte bereits die Bedingungen für den Aufstieg zum Verkaufsleiter erfüllt und wartete nun ungeduldig darauf, daß Weyhaus und Matisek ebenfalls soweit kamen, denn nur im Dreierpack war ihre Beförderung und damit der Aufstieg von Herrn Eimbcke unter Dach und Fach. Weyhaus und Matisek waren gute Verkäufer, und mit ihren Fähigkeiten konnten sie woanders mehr verdienen, zum Beispiel mit dem Autoverkauf. Es wurde deswegen Zeit, daß er sie zu Verkaufsleitern beförderte, um sie bei der Stange zu halten. Beide führten auch gute Außendienstmitarbeiter, aber es gebrach am Nachwuchs, denn gemäß den Richtlinien der GVG mußten ja drei AM3 es bis zum Gebietsleiter gebracht haben, was bis jetzt weder Herrn Matisek noch Herrn Weyhaus dauerhaft gelungen war. Es gab zwar Interessenten, aber alle hatten schon nach kurzer Zeit die Nase voll vom Klinkenputzen.

Deswegen hatte Herr Eimbcke sich zu der Zeitungsanzeige entschlossen, um die so angeworbenen Neulinge den Herren Weyhaus und Matisek zuzuteilen, und somit deren Aufstieg zum Verkaufsleiter und damit auch seine eigene Beförderung zum Verkaufsdirektor zu besiegeln. Wenn er den Job erst hätte, brauchte er wirklich nur noch ab und zu motivierende Reden vor den Außendienstmitarbeitern zu halten und konnte ansonsten das dicke Geld einstreichen. Er träumte von einer eigenen Villa mit darin integrierten Büro- und Schulungsräumen.

Inzwischen hatten sich die Bewerber wieder beruhigt, und Herr Matisek dankte dem Beamten für seine Mitarbeit.

„Was war denn jetzt schon wieder falsch?" fragte er mit gespielter Enttäuschung sein Publikum. „Ich hatte doch nun wirklich eine aufrechte Haltung und eine laute Stimme."

„Aber Sie waren zu ungeduldig", entgegnete der arbeitslose Ingenieur.

„Richtig!" bestätigte Herr Matisek. „Also: Lassen Sie den Kunden reden, fragen, die Ware anfassen, manche brauchen Zeit für ihren Kaufentschluß." Er ging zur Tafel und schrieb GEDULD daran.

„Aber verschwenden Sie nicht zuviel Zeit mit solchen Leuten, die offenbar wirklich nichts kaufen wollen!" ermahnte Matisek seine Zuhörer. Er sprach das „solche Leute" so aus, als ob diejenigen, die nichts von der GVG kaufen wollten, die allerletzten Penner wären.

Nach einer kurzen Pause übernahm Herr Weyhaus die Schulung der Gruppe. Er gestaltete den Unterricht zwar nicht so scherzhaft, wie Herr Matisek, aber seine Zuhörer merkten schnell, daß er ein guter Verkäufer war und daß sie viel von ihm lernen konnten.

Er ließ nach und nach immer zwei der Kursteilnehmer nach vorne kommen, von denen einer den Verkäufer spielte, der dem Anderen unbedingt etwas verkaufen sollte. Der Andere hingegen sollte alle möglichen Einwände hervorbringen, die gegen den angepriesenen Artikel gerichtet waren.

Bald stellte sich heraus, daß sich diese Einwände stets wiederholten. Meistens sagten die ‚Käufer': „Habe ich schon, brauche ich nicht, zu teuer, ich kaufe nur bei...". Und hier setzte Herr Weyhaus an. Er kannte für jeden der üblichen Einwände die passenden Gegenargumente, die er seinen Schülern eintrichterte. Bald waren sie so weit, daß sie es gar nicht erwarten konnten, bis der ‚Käufer' mit einem Einwand kam, weil sie dann die passenden Antworten loswerden und ihn verbal in die Enge treiben konnten.

Auf dem Höhepunkt dieser Motivation hoch drei übernahm Herr Eimbcke wieder die Schulung. Er ging nach vorne und schob dabei einen kleinen Wagen vor sich her, ähnlich einem Einkaufsroller, aber mit einer wesentlich größeren Tasche darauf. Er machte ein betrübtes Gesicht.

„Nun kommen wir leider zu einem traurigen Kapitel", sagte er mit Beerdigungsstimme. „Sie glauben gar nicht, was für schlechte Menschen es gibt, wie wir leider schon öfter erfahren mußten. Sehen Sie, jeder von Ihnen bekommt am Montag so einen Präsentationswagen mit unserem gesamten aktuellen Sortiment zur Verfügung gestellt, mit dem Sie ihre Kundschaft aufsuchen. Wenn Sie sich die Mühe machen, anhand unserer Preis- und Inventarlisten nachzurechnen, werden Sie feststellen, daß so ein Wagen einen Wert von fast 2.000 Mark darstellt. Und was war der Dank für unser Vertrauen?"

Er sah aus, als ob er gleich losheulen wollte.

„Geklaut haben sie ihn. Mitgenommen und über alle Berge damit. Als das zweimal passiert war, hat unsere Zentrale in Frankfurt dem einen Riegel vorgeschoben. Seitdem werden die Präsentationswagen nur noch gegen ein Pfand von 500 Mark, also einem Bruchteil des realen Wertes, aus der Hand gegeben. Mit der Zeit entwickelt man in unserem Beruf ein gerüttelt Maß an Menschenkenntnis, und ich sehe, daß Sie alle (Fingerpieks zum Publikum) ehrliche arbeitsuchende Bewerber sind. Aber die Vorschriften binden auch uns die Hände, und so können Sie Ihre Karriere am Montag erst starten, wenn Sie die Sicherheit hinterlegt haben. Da Sie alle als seriös einzustufen sind, nehmen wir von Ihnen auch Schecks entgegen."

Fünf der elf Bewerber konnten gar nicht eilig genug nach vorn stürzen, um Herrn Eimbcke ihren Scheck auszuhändigen. Die Übrigen hatten das Gefühl, als ob ihre Karriere durch den Mangel an Zahlungsmitteln schlechter beginnen würde.

Einer der fünf Glücklichen, der mit einem Euroscheck dienen konnte, war Peter. Er füllte ihn aus, übergab ihn Herrn Eimbcke und unterschrieb einen Vertrag, in dem er sich zur

74

freiwilligen Mitarbeit bei der GVG bereit erklärte und sich verpflichtete, bei passenden Gelegenheiten deren Artikel zu verkaufen. Das weitere Kleingedruckte las er nicht durch.

Zum Abschied bat Herr Eimbcke alle Bewerber, sich am Montag, egal zu welcher Zeit, in seinem Büro einzufinden, die Sicherheit, sofern noch nicht geschehen, zu hinterlegen und dann die begehrten Artikel in Empfang zu nehmen.

Die elf Leute, die an diesem Samstagnachmittag das durchschnittliche Bürohaus in der durchschnittlichen Bürohausgegend verließen, waren aufs Höchste motiviert, optimistisch und einsatzbereit. Nur der folgende Sonntag, der alle zu Passivität zwang, störte die Stimmung ein wenig.

7. Verkaufspraxis

Am Montag Vormittag erschien Peter bei Herrn Eimbcke, um seinen Präsentationswagen in Empfang zu nehmen. Auf dem Schreibtisch lag eine Namenliste der Bewerber vom Samstag. Als Herr Eimbcke kurz sein Büro verließ, las Peter sie durch. Zwei der elf Schulungsteilnehmer waren gestrichen, sie hatten einen Rückzieher gemacht. Es handelte sich um die beiden Studenten.

‚Wohl kein Geld oder keine Zeit. Oder kalte Füße gekriegt', dachte Peter. Egal, zwei Konkurrenten weniger.

Herr Eimbcke kam mit einem Präsentationswagen herein und stellte ihn strahlend vor Peter ab.

„Ich freue mich, Ihnen die Grundlage Ihrer Karriere übergeben zu dürfen", sagte Herr Eimbcke. „Wenn Sie hier einmal schauen wollen?"

Er öffnete die Ledertasche. Obenauf lag eine Preisliste und ein Verzeichnis, was der Wagen alles enthielt: Parfumflaschen, Uhren, Schreibgeräte, Taschenrechner, kleine Radios, elektrische Bleistiftanspitzer, Taschenlampen und Schmuckgegenstände. In einem Außenfach steckten Batterien für die elektrischen Geräte.

Herr Eimbcke kurbelte Peters Motivation noch einmal an und wünschte ihm viel Glück. Höchst zuversichtlich fuhr Peter mit seinem Präsentationswagen im Fahrstuhl nach unten, um seine Karriere zu starten. Er stellte sich vor, was für ein Gesicht Herr Eimbcke machen würde, wenn er schon morgen mit dem leerverkauften Wagen wieder auftauchen und Nachschub holen würde.

Kaum stand er auf der kalten Straße, wurde ihm ein wenig flau um den Magen. Die Theorie hörte sich ja ganz toll an, aber jetzt sollte er sie in die Praxis umsetzen. Er fühlte sich sehr allein, als er ziellos die Straße entlangging.

In einer Werkzeughandlung war gerade keine Kundschaft, wie er durch das Schaufenster sah. Drei Verkäufer standen in einer Ecke und schwatzten.

Mit gewaltigem Herzklopfen und gefühllosen Armen und Beinen betrat Peter den Laden.

„Guten Morgen!" krächzte er, räusperte sich und fuhr mit entschlossener Stimme fort: „Die Firma GVG mit dem neuesten Sortiment ist da! Wenn ich Ihnen unsere Artikel mal vorführen darf?"

„Da mußt du aber früher aufstehen!" antwortete der älteste der drei Verkäufer. „Vor einer Stunde war erst dein Kollege da und hat uns versorgt."

Fassungslos brachte Peter immerhin noch einen würdigen Abgang zustande, indem er sich entschuldigte und bedankte und noch einen guten Tag wünschte. Beim Schließen der Ladentür hörte er noch, wie die drei Verkäufer über ihn lachten.

Wie hatte er nur so blöd sein können, seine Besuche so dicht beim Büro der GVG zu starten?! Es war doch klar, daß alle Bewerber mit ihrem neu erhaltenen Wagen die erstbesten Möglichkeiten wahrnahmen, um Geschäfte zu machen. Peter marschierte erstmal 20 Minuten mit seinem Wagen, um einen gewissen Abstand zum Büro der GVG zu gewinnen.

Bei einem Transportunternehmen stand das Tor der Halle offen. Einige Männer packten Kartons in einen Lieferwagen. Mutig betrat Peter die Halle und sagte wieder seinen Spruch auf.

Neugierig unterbrachen die Arbeiter ihre Tätigkeit und sahen mit erstaunten Kulleraugen die Wunderdinge an, die Peter aus seinem Wagen hervorholte und erklärte.

„Das nehm' ich!" strahlte ein riesiger Kleiderschrank von Mann, als er ein kleines Radio in PC-Form sah, das 15 Mark kosten sollte.

In dem ganzen Trubel von Auspacken, Erklären und Vorführen registrierte Peter gar nicht, daß er soeben seinen ersten Geschäftsabschluß getätigt hatte. Ein Kollege von dem Kleiderschrank kaufte eine Uhr für 10 Mark und ein Dritter eine Füller-Kugelschreiber-Garnitur für 12 Mark.

Plötzlich trat der Kleiderschrank drohend auf Peter zu.

„Willst du mich verscheißern, Magger? Das Ding ist ja im Arsch!" Er hielt Peter das schweigende Radio vor die Nase.

Äußerlich ruhig, innerlich schlotternd, untersuchte Peter das Radio, aber alles An- und Ausschalten und Wackeln an der Batterie nützte nichts: Das Gerät blieb stumm.

Eilig holte Peter ein neues aus seinem Wagen und stotterte irgendwas von „Entschuldigung" und „Einzelfall" und „Noch nie vorgekommen". Das neue Gerät funktionierte einwandfrei.

„Dein Glück!" brummte der Kleiderschrank, als er das Radio gründlich geprüft hatte. Auch die anderen beiden Kunden untersuchten die Uhr und die Schreiber sehr mißtrauisch. Die positive Einkaufsstimmung schien wie abgeschnitten. Peter spürte richtig, wie es einige Grad kälter geworden und eine unsichtbare Mauer zwischen ihm und den Arbeitern gewachsen war.

Er bedankte sich, packte eilig seine Sachen zusammen und verließ schnell den Betrieb.

So eine Scheißqualität! Damit so etwas nicht wieder vorkam, mußte er alle elektrischen Geräte in seinem Wagen testen. Draußen war es ihm zu kalt, also betrat er ein Bürohaus, in dem viele verschiedene Firmen ihren Sitz hatten und begann im Treppenhaus, alle Radioschachteln zu öffnen und mit einer Batterie die Geräte auf einwandfreie Funktion zu prüfen. Er fand noch zwei defekte Radios. Dann verfuhr er genauso mit den elektrischen Bleistiftanspitzern und den Taschenrechnern. Die funktionierten zum Glück alle.

Ab und zu betraten Leute das Bürohaus und fuhren mit dem Fahrstuhl nach oben. Niemand kümmerte sich um Peter.

Zum Mittag aß er in einer Imbißbude eine Currywurst mit Pommes frites. Dann war er den ganzen Nachmittag wieder auf den Beinen, um überall seine Waren anzupreisen. Inzwischen betrat er jeden Laden und jeden Betrieb ohne Scheu, und die Verkaufsgespräche gingen automatisch über die Bühne.

Vollkommen durchgefroren kam er abends nach Hause. Seine Tageseinnahme belief sich auf 207 Mark. Das lag zwar weit von den Voraussagen des Herrn Eimbcke entfernt, aber schließlich war es ja sein erster Tag. Er verschnaufte ein wenig und wärmte sich auf. Dann besuchte er mit seinem Wagen Sabine. Ihre Freundin Michaela, die auch damals bei ihrem Einzug geholfen hatte, war zu Besuch.

„Hallo, Möbelträger!" begrüßte sie ihn mit ihrer tiefen Stimme. Dabei sah sie selber aus, wie ein Möbelträger, was aber täuschte. Sie arbeitete als kaufmännische Angestellte.

Peter erklärte den beiden seine neue Tätigkeit und das Punktesystem, nach dem er arbeitete. Dann führte er ihnen die Artikel aus seinem Wagen vor.

„Wie süß, so einen nehme ich!" quietschte Sabine, als sie die elektrischen Bleistiftanspitzer sah, bei denen man einem kleinen Plastikgorilla den anzuspitzenden Bleistift in den Mund stecken mußte. Michaela kaufte eine Flasche Parfum mit einem vornehm klingenden französischen Namen (auf der Rückseite des Etikettes konnte man mühsam durch die Flüssigkeit hindurch entziffern: ‚Made in Hongkong'). Peter hatte noch einmal 35 Mark in der Kasse.

„Heute habe ich 242 Mark eingenommen!" sagte er stolz. „Das macht 242 Punkte. Und wenn ich 1000 Punkte habe, werde ich schon befördert, Wenn ihr mir einen Gefallen tun wollt, dann macht mal ordentlich Reklame für mich!"

Michaela stutzte. „Moment mal!" sagte sie mißtrauisch und nahm sich das Inventarverzeichnis des Wagens, das Beförderungsschema mit den Punktwerten und die Preisliste, die Peter auf den Wohnzimmertisch gelegt hatte. Sie studierte alles gründlich, während Peter ihr ängstlich zusah. Was ging in ihr vor?

„Da haben wir's!" sagte sie und hielt Peter die Preisliste vor die Nase. Sie zeigte auf die Spalte ‚PF', die neben der fett gedruckten Spalte ‚Verkaufspreis' unauffällig wirkte. Peter hatte diese Spalte bisher nicht beachtet, weil er nicht wußte, was sie bedeutete und weil Herr Eimbcke ihm eingeschärft hatte, nur die fett gedruckten Verkaufspreise auswendig zu lernen.

„Das Geld, das du kassierst, ist doch nicht alles dein Gewinn!" erklärte ihm Michaela. „Du mußt es erstmal abliefern. Das Geld, für das die GVG die Sachen eingekauft hat und ihre Verwaltungskosten ziehen sie davon ab. Und nur der Rest, der wirkliche Gewinn, zählt, und nur dafür bekommst du deine Punkte. Und diese Punkte zeigt die Spalte ‚PF'. Vielleicht heißt das ‚Punktfaktor' oder so ähnlich."

Peter sah belämmert auf die Preisliste, die Michaela ihm vorhielt. Ganz hatte er sie noch nicht verstanden, aber er merkte, daß er irgendwo einen Denkfehler gemacht hatte.

„Verstehst du, was ich meine?" fuhr Michaela fort. „Du bekommst nicht einen Punkt für eine Mark, sondern eine Mark für einen Punkt. Bei dieser Uhr hier zum Beispiel (sie zeigte auf die entsprechende Zeile in der Preisliste) steht neben dem Preis von 10,- DM: PF 0,5, also ein halber Punkt. Und bei dem Parfum für 20,- DM steht PF 1. Du bekommst also für 20 Mark Bruttoeinnahmen einen Punkt. Also mußt Du für 1000 Punkte Waren für 20.000 Mark in einem Monat verkaufen. Bei 20 Arbeitstagen sind das also 1.000 Mark, die du am Tag einnehmen mußt."

Peter starrte schweigend auf die Spalte ‚PF'. Allmählich verstand er, was Michaela ihm sagen wollte. Er hatte also heute keine 242 Punkte gesammelt, sondern nur etwa 12. Selbst, wenn er 30 Tage lang das gleiche einnehmen würde, dann hätte er nur 360 Punkte. Er mußte also für seine Beförderung mindestens dreimal so viel verkaufen, wie heute.

Jetzt dämmerte ihm auch, warum er den ach so wertvollen Präsentationswagen für ein Pfand von 500 Mark bekommen hatte. Wahrscheinlich lag das sogar noch über dem Wert von diesem Billigramsch.

Er fühlte sich jetzt sehr müde.

„Armer Junge!" sagte Sabine mitfühlend. „Da mußt du bis zur Beförderung aber ganz schön keulen! Denn wenn du in einem Monat nur 999 Punkte schaffst, sind die alle mit dem Monatswechsel vergessen, und du bleibst auf deiner Rangstufe. Dann mußt du im neuen Monat wieder von vorne anfangen, zu sammeln!"

Peter saß wie betäubt da. Heute hatte er noch nicht einmal den ganzen Tag Klinken geputzt, und er war schon heiser und kaputt. Wie sollte er bei dieser Kälte einen ganzen Monat auf der Straße ohne Lungenentzündung überstehen?

Er ärgerte sich über seine Naivität. Natürlich war bei Herrn Eimbcke und seinen Gebietsleitern nie die Rede von „einem Punkt für eine Mark" gewesen, aber den genauen Sachverhalt hatte er nicht begriffen.

Durch den Ärger erwachte sein Ehrgeiz aufs Neue. Ihm kam eine Idee: Warum sollte er seiner Kundschaft hinterherlaufen? Es wäre doch einfacher, einen gut geheizten Ort aufzusuchen, an dem es viele potentielle Kunden anzutreffen gab, die sich über eine Abwechslung freuten. Ein idealer Ort wäre zum Beispiel ein Altersheim!

„Ich hab's!" sagte er freudig zu Sabine und Michaela. „Morgen werde ich die Altersheime abklappern. Die Omis und Opis haben ja immer Langeweile und sind bestimmt an günstigen Weihnachtsgeschenken interessiert. Ihr sollt mal sehen, morgen abend habe ich die Taschen voll Geld!"

Sabine und Michaela sahen ihn mitleidig an. Sie wünschten ihm zum Abschied viel Glück, aber das war eigentlich nur eine Redewendung. Sie glaubten nicht an seinen großen Erfolg.

Am nächsten Tag war es wieder krachkalt. Peter zog sich wieder fein an und marschierte mit seinem Wagen zu dem Altersheim, das nur 10 Minuten zu Fuß entfernt lag.

In der Pförtnerloge saß niemand. Er sah sich suchend um. Der düstere Linoleumflur mit den Geländern an den Wänden roch nach einer Mischung aus Schule und Krankenhaus. Peter hatte noch nie über das Älterwerden nachgedacht, aber an so einem Ort wollte er seine letzten Jahre gewiß nicht verbringen.

Ein alter Herr schlurfte gebeugt auf ihn zu, ohne ihn zu sehen, weil sein Blick auf den Fußboden gerichtet war.

„Guten Tag, die Firma GVG mit dem neuesten Sortiment ist da. Wenn Sie bitte mal schauen wollen?"

Der Opa reagierte überhaupt nicht, sondern latschte gebeugt an Peter vorbei. Dem blieb der Mund offen stehen.

Am anderen Ende des Flures tauchte eine rüstige alte Dame auf. Peter stellte sich ihr mit dem gleichen Spruch vor.

„Ach, wie schön!" strahlte die Frau, „Kommen Sie doch mit in mein Zimmer!" Sie führte ihn hinein, und beide setzten sich an den uralten Tisch auf uralte Stühle.

Peter fragte sie, ob sie Kinder oder Enkelkinder habe, für die sie noch günstige Weihnachtsgeschenke benötige und packte einige seiner Artikel auf den Tisch.

„Ja gewiß! Mein Sohn Bernd ist bei der Lufthansa! Der braucht eine gute Uhr. Und mein anderer Sohn Ewald ist Kfz-Meister. Die beiden waren schon immer technisch begabt. Als Bernd 6 Jahre alt war, hat er ganz allein seine elektrische Eisenbahn aufgebaut, die hatte er zu Weihnachten bekommen von Tante Herta und Onkel... wie hieß der denn noch? Der Mann von der Schwester meines Mannes... fällt mir doch nicht ein... wissen Sie, die '45 aus Schlesien flüchten mußten. Da sind sie nach Hamburg gekommen, nur mit zwei Koffern an Habseligkeiten, und wir haben sie aufgenommen. Mein Mann hat damals im Hafen gearbeitet, und da hat er dem Onkel... äääh... ich komm' nicht drauf... jedenfalls hat er dem Onkel da Arbeit besorgt, und so konnten sie sich 1950 in eine Genossenschaft einkaufen und auf eine eigene Wohnung sparen. Aber die waren so glücklich, daß sie 'was in Aussicht hatten! Ja, und 1953, da sind sie dann eingezogen, in der Liebedankstraße...? Nein, in der Geierstraße...? Ach nein, da hat ja Oma Hermine gewohnt, da war noch auf jeder Etage ein Klo, und als Oma Hermine mal nachts 'rausmußte, da ist die Wohnungstür hinter ihr zugeklappt, und sie hat im Nachthemd im Treppenhaus gestanden. Da hat sie dann eine Nachbarin 'rausgeklingelt, das war die einzige im Haus, die Telefon hatte, wissen Sie, diese alten schwarzen Bakelitapparate. Kennen Sie wohl gar nicht mehr? Und da hat sie bei uns angerufen, und mein Mann ist dann mit unserem Volkswagen hin, den hatten wir 1955 gekauft, wissen sie, der gleiche Volkswagen, mit dem wir 1956 an den Starnberger See gefahren sind...“

„Ja, gewiß, gnädige Frau“, unterbrach Peter ihren Redeschwall, „Ich denke, für Ihren Bernd ist so eine Uhr genau das Richtige. Und worüber würde der Ewald sich freuen?“

Die Dame sah ihn verwirrt an. Sie brauchte eine Weile, um von 1956 wieder nach 1994 zu kommen.

„Ach ja, der Ewald! Der ist ein richtiger Werkzeugnarr! Sein ganzes Haus draußen in Hornbek hat er selbst gebaut. Wissen Sie, er konnte das Grundstück damals so günstig kriegen, weil es zwangsversteigert wurde. Die ganze Baugrube hat er selber ausgehoben, weil ihm ein Unternehmer zu teuer war, da hat er sich für 2.000 Mark einen alten Bagger gekauft, und als er fertig war, hat er den noch für 1.000 Mark weiterverkauft an seinen Nachbarn, den Herrn Krause, wissen Sie, der hat vier Kinder, und da muß er natürlich den Pfennig umdrehen, aber der ist Beamter, Lehrer glaube ich, an einer Realschule... oder ist er an einer Berufschule? Und seine Frau, die macht noch Heimarbeit, wissen Sie, wo man sich das Material abholt, und Freitag abends bringen sie dann die fertigen Sachen wieder hin. Da mußte sie neulich solche Probiertüten mit Kaffee auf Reklamezettel kleben, und ein anderes Mal hatte sie solche Schreibmappen, die mit einem Gummiband zugemacht werden, wissen Sie, da mußte sie dann immer das Gummiband einfädeln und anknoten..."

„Ja, ich denke, für den Ewald ist so ein Radio genau das Richtige", unterbrach Peter sie ungeduldig. „Die Uhr kostet 10 Mark und das Radio 15. Das wären dann bitteschön 25 Mark."

Wieder glotzte ihn die Oma verwirrt an.

„So viel habe ich gar nicht. Wissen Sie, der Heimplatz hier kostet 3.500 Mark im Monat, und ich habe ja nur meine Witwenrente, das sind 1.400 Mark, und den Rest zahlen meine Söhne und das Sozialamt. Ich habe nur 100 Mark Taschengeld im Monat, aber letzte Woche war ich bei meinem Friseur, dem Herrn Jaretzke, wissen Sie, weil doch bald Weihnachten ist..."

Peter wäre fast geplatzt. Die ganze Zeit umsonst vertan! Er packte seine Sachen ein, ließ die alte Tante mit offenem Mund an ihrem uralten Tisch sitzen und stürmte aus dem Zimmer. Auf dem Flur stieß er mit einer großen, resoluten Pflegeschwester zusammen.

„Können Sie denn nicht aufpassen?" keifte sie. „Wer sind Sie überhaupt, und was machen Sie hier?"

„Der junge Mann wollte 25 Mark von mir haben", quakte die Oma aus ihrem Zimmer. „Aber ich habe ihm gesagt, daß ich vom Sozialamt nicht mehr bekomme, und da ist er böse geworden und 'rausgelaufen..."

„Ach, schon wieder so ein windiger Vertreter?" fuhr ihn die Pflegerin an. „Sie meinen wohl, Sie können die Unwissenheit und Hilfsbedürftigkeit der alten Leute ausnutzen für Ihre zweifelhaften Geschäfte? RAUS!"

Durch das Geschrei alarmiert, erschien ein junger, kräftiger Krankenpfleger, und Peter wurde hinausgeworfen.

Er lief mit seinem Wagen fluchtartig ein paar Straßen weiter und sah sich dabei oft um, weil er dachte, die Angestellten vom Altersheim verfolgten ihn noch. Als er nach dem siebten Mal Umdrehen immer noch keine Verfolger sah, beruhigte sich sein Kreislauf allmählich wieder.

So eine verdammte Scheiße! Von solchen Fällen war in der Schulung der GVG nie die Rede gewesen. Entweder hatten die ihm etwas verschwiegen, oder er stellte sich zu dämlich an. Er wünschte sich, auf der Straße einen der anderen Schulungsteilnehmer zu treffen, um ihn zu fragen, ob er auch ähnliche Erfahrungen gemacht hatte. Es fehlte nicht mehr viel, und er hätte Herrn Eimbcke den ganzen Kram vor die Füße geschmissen. Oder waren seine Mißerfolge von gestern und heute nur die Anfangsschwierigkeiten? Vielleicht würde er als Gebietsleiter seinen Außendienstmitarbeitern lachend von der Oma im Altersheim erzählen, damals, zu seiner Anfangszeit als AM1. Er beschloß, Herrn Eimbcke um Rat zu fragen.

Er ging zur nächsten Bushaltestelle und fuhr zu dem Bürohaus, in dem die GVG residierte. Als er stinksauer im 4. Stock ankam, traf er auf dem Flur Herrn Eimbcke.

„Nanu, Herr Heitrich!" begrüßte der ihn lächelnd. „Wollen Sie schon Nachschub holen? Schon alles verkauft?"

Irgendwie hatte Peter den Eindruck, daß Eimbcke heute besonders schmierig grinste.

„In zwei Tagen habe ich nur 242 Mark eingenommen!" beschwerte sich Peter. „Und aus einem Altersheim bin ich als ‚windiger Vertreter' rausgeschmissen worden!"

Herr Eimbcke sah ihn erschrocken an.

„Aber Herr Heitrich, wenn Sie Schwierigkeiten haben, können wir Ihnen doch weiterhelfen, dafür haben wir ja unsere Erfahrung. Kommen Sie doch mit in mein Büro!"

Wieder wurde Peter in das elegante Büro geführt, in dem er vor sechs Tagen das erste Mal gesessen hatte. Und Herr Eimbcke begann wieder mit seiner psychologischen Seelenmassage. Lachend erzählte er Peter die Geschichte, wie er als AM1 auf der Straße eine halbe Stunde damit verbracht hatte, einem Mann einen einzigen Kugelschreiber zu verkaufen. Am nächsten Tag wurde er von allen Kollegen bei der GVG ausgelacht, denn der Kunde war der Verkaufsdirektor gewesen, seine höchste Führungskraft, der natürlich alle Verkäufertricks kannte und Herrn Eimbcke absichtlich so lange zappeln ließ. Aber wegen seiner Hartnäckigkeit wurde er gelobt und den Anderen als Beispiel vorgehalten.

Nach einer Stunde hatte Herr Eimbcke Peter wieder soweit motiviert, daß er ihn mit seinem Präsentationswagen erneut auf die Kundschaft loslassen konnte.

Peter beschloß, einen Nachmittag Pause einzulegen und machte es sich in seiner gut geheizten Wohnung bequem. Immer, wenn er auf dem Weg in die Küche oder ins Bad auf den Flur kam, musterte er mißtrauisch den dort abgestellten Präsentationswagen.

„Einen Versuch starte ich morgen noch", nahm er sich vor. „Und wenn das auch nichts wird, gebe ich die Sache wieder auf."

Am nächsten Vormittag ging Peter mit seinem Wagen in das benachbarte Wohngebiet.

Weil es ihm auf der Straße zu kalt war, suchte er wieder eine Gelegenheit, viele Leute in einem Haus zu treffen. Vor einem Hochhaus parkte ein Möbelwagen, und zwei Männer trugen Teile für eine Schrankwand ins Haus. Deswegen war die Haustür offen und eingehakt. So konnte Peter mit seinem Wagen ins Haus gelangen, ohne irgendwo klingeln und dumme Fragen an der Sprechanlage beantworten zu müssen.

Mit dem Fahrstuhl fuhr er bis oben in den 7. Stock und ging dort von Tür zu Tür. Überall läutete er.

Die ersten drei Türen wurden nicht geöffnet, und er konnte nichts drinnen hören. Wahrscheinlich waren die Bewohner zur Arbeit.

Als er an der vierten Tür geklingelt hatte, hörte er, wie innen die Verschlußklappe des Türspions zu Seite geschoben wurde. Danach wurde der Spion wieder geschlossen, und drinnen klappte eine Tür zu.

Peter war sehr betroffen darüber, daß er offenbar unseriös wirkte, weil man nicht einmal fragte, was er wünsche.

Die fünfte Tür wurde endlich von einem Mann in einem Bademantel mit eingeseiftem Gesicht geöffnet. In der Hand hielt er einen Rasierpinsel.

„Ja?" fragte er.

„Guten Tag, die Firma GVG mit dem neuesten Sortiment ist da. Verschiedene Geschenkartikel zu Sonderpreisen! Wenn Sie mal schauen wollen?"

Gerade, als Peter die Tasche seines Wagens öffnete, wurde die Wohnungstür von dem Mann wortlos wieder zugeworfen.

Peter war sauer. Ob es am 7. Stock lag? Die böse 7! Er fuhr mit dem Fahrstuhl eine Etage tiefer. Diesmal bereitete er sich besser vor. Vielleicht würde der Anblick der Geschenkartikel die Leute neugierig machen. Er holte eine Uhr, ein Radio und eine Schreibgarnitur aus dem Wagen und nahm sie in die Hand. Dann klingelte er an der ersten Tür, hinter der man Staubsaugergeräusch hörte. Der Staubsauger verstummte, und eine Hausfrau mit Lockenwicklern im Haar öffnete.

„Ja, bitte?" fragte sie irritiert.

Peter hielt ihr die Artikel vor die Nase und sagte wieder seinen Spruch auf.

„Kennen wir schon!" antwortete die Hausfrau genervt und knallte ihm die Tür vor der Nase zu.

Peter war kurz davor, aufzugeben. In seinem Inneren beschloß er, jetzt den letzten und entscheidenden Versuch zu machen. Er läutete an der nächsten Wohnung.

Ein etwa sechsjähriges Mädchen riß die Tür auf und starrte ihn schweigend und neugierig an.

„Na, Kleine? Ist Deine Mutti vielleicht auch da?" fragte Peter so nett, wie es seine schlechte Laune zuließ.

„Wer is'n da?" keifte die Stimme der Mutter aus der Küche.

„Ein Bettelmann!" krähte das Kind zurück. Peter spürte, wie er rot anlief.

Neugierig kam die Mutter angerannt. Peter versuchte, so seriös wie möglich zu wirken, als er seinen üblichen Spruch aufsagte und der Frau demonstrativ die ausgewählten Artikel vor die Nase hielt.

„Einen Moment!" sagte die Frau und verschwand in der Wohnung. Peter schöpfte Hoffnung. Er hörte die Frau und einen Mann murmeln. Dann erschien die Hausfrau wieder. Ihr Mann latschte neugierig hinter ihr her und starrte Peter an, wie ein Marsmännchen.

„Hier hast du fünf Mark. Kauf' dir eine warme Wurscht! Tschüß!"

„Sieh' lieber zu, daß du vernünftige Arbeit findest!" rief der Mann ihm noch hinterher, bevor die Wohnungstür von der Frau geschlossen wurde.

Das war der Tropfen, der das Faß zum Überlaufen brachte. Peter fuhr schnurstracks zum Büro der GVG und stürmte an der verblüfften Frau Heißenbüttel vorbei direkt in Herrn Eimbckes Büro. Herr Weyhaus und Herr Eimbcke saßen über irgendwelchen Papieren und glotzten ihn entsetzt an.

„Ich kündige!" sagte Peter grob. „Hier haben Sie die 242 Mark, die ich eingenommen habe und Ihre Karre! Ich hätte jetzt noch gerne meine 500 Mark Pfand zurück!"

Wortlos öffnete Herr Eimbcke die Tasche von Peters Wagen und prüfte die verbliebenen Artikel.

„Die Schachteln sind ja alle geöffnet worden!" fuhr er Peter an. „Und sowas wagen Sie uns als neu zurückzugeben?!"

„Ich mußte sie alle aufmachen, weil einige Radios kaputt waren. Da mußte ich sie alle prüfen."

„Solche Unverschämtheiten verbitte ich mir!" schrie Herr Weyhaus und hieb mit der Faust auf den Tisch. „Unsere Artikel sind handverlesen und von höchster Qualität! Wenn Radios kaputt waren, dann nur, weil Sie nicht sachgemäß damit umgegangen sind!"

Peter verschlug es die Sprache. Er konnte nicht wissen, daß er heute schon als der dritte Schulungsteilnehmer seine Tätigkeit wieder an den Nagel hängte und daß Herr Eimbcke und

Herr Weyhaus deswegen geladen waren.

„Und was die Uhren angeht: Die haben wir aus dem Programm genommen, weil sie durch ein Nachfolgemodell ersetzt worden sind", sagte Herr Eimbcke wieder. „Für uns sind diese Uhren hier veraltet. Wir hatten wirklich nicht daran gezweifelt, daß Sie die paar Dinger nebenbei verkaufen. Das hat bis jetzt jede Niete geschafft."

„Sie sollten lesen lernen!" belehrte Herr Weyhaus Peter wieder und hielt ihm so ein Vertragsformular unter die Nase, wie er es Samstag unterschrieben hatte. Er zeigte auf einen Absatz.

„Da! Für veraltete oder beschädigte Ware oder Artikel mit Gebrauchsspuren kann das Pfandgeld nur entsprechend dem Zeitwert erstattet werden. Und wie sollen wir bereits geöffnete Verpackungen als neu verkaufen? Jeder Kunde denkt doch, daß die Sachen gebraucht sind."

„Und wo wir schon beim Lesenlernen sind", hakte Herr Eimbcke nach und wies auf einen anderen Absatz des Vertrages. „Wer vor Ablauf eines Monates die Mitarbeit kündigt, verliert alle angesammelten Punkte. Schließlich haben wir ja Zeit und Geld in Ihre Schulung investiert. Hier haben Sie 200 Mark Pfand zurück, damit sind Sie mehr als gut bedient. Und jetzt stehlen Sie uns nicht weiter unsere Zeit!"

Er drückte Peter 200 Mark in die Hand und starrte ihn feindselig an.

Peter zog es vor, zu verschwinden. Er kannte sich mit der gesetzlichen Lage in so einem Fall nicht aus. Ein Anwalt, den er sich sowieso nicht leisten konnte, würde ihm wahrscheinlich sagen, daß er den Vertrag vor der Unterschrift hätte durchlesen sollen.

Als er auf die Straße trat, erinnerte er sich an seinen Wunschtraum vor einer Woche, wie er sich bei einem vornehmen Autohändler einen eleganten Jaguar bestellte. Jetzt wäre er schon froh gewesen, wenn er die verlorenen 300 Mark wiedergehabt hätte.

Mit einem derart schnellen Ende seiner kaufmännischen Karriere hatte er nie gerechnet.

8. Im Spielcasino

Man konnte nicht direkt sagen, daß Peter pleite war, er besaß nur kein Geld mehr. Sein Kontoauszug zeigte Ebbe an, und in seiner Geldbörse befanden sich noch 58 Mark und 30 Pfennig. Dabei war es erst Anfang des Monats, und Weihnachten stand vor der Tür. Überall in der Stadt eilten Menschen durch die Straßen und frönten dem weihnachtlichen Konsumterror, indem sie Berge von Geld für Berge von Geschenken ausgaben, von denen ein guter Teil nach den Festtagen wieder umgetauscht würde. Im Fernsehen wurde der Kaufrausch durch die Werbung noch ordentlich angeheizt.

Am Rande des Geschehens standen diejenigen, die sich an dieser Materialschlacht nicht beteiligen konnten, weil sie nicht die entsprechenden Taler in der Tasche hatten, also die Obdachlosen, Arbeitslosen und Sozialhilfeempfänger.

Peter bummelte stundenlang durch Kaufhäuser, um der Langeweile zu entfliehen, aber der Anblick der Sachen, die er sich nicht leisten konnte, frustrierte ihn zusätzlich. Er wünschte sich, einen ordentlichen Schwung Geld in die Finger zu kriegen. Erst dann würde er sich wieder als richtiger Mensch fühlen.

In der Spielzeugabteilung eines Kaufhauses waren Berge von Gesellschaftsspielen in bunten Kartons aufgetürmt. Darunter befanden sich auch Kinder-Roulettes. Bei deren Anblick blieb Peter wie angewurzelt stehen.

Ob er sein Glück in einem Casino versuchen sollte? Er hatte noch nie eines von innen gesehen. Mußte man vielleicht am Eingang nachweisen, daß man genug Geld mit sich führte?

Er erinnerte sich an eine Werbung, die er auf einem Bus gesehen hatte. In einem Vorort von Hamburg gab es ein Casino, und vom Hauptbahnhof wurde eine Busverbindung dorthin angeboten, bei der man mit dem Fahrschein auch gleichzeitig den Eintrittspreis bezahlte. Praktisch bekam man die Fahrt also umsonst.

‚Schlechter kann es eigentlich nicht mehr werden', dachte Peter. Kurzentschlossen verließ er das Kaufhaus, um sein letztes Geld der Glücksgöttin zur Verfügung zu stellen. Manchmal sollen ja Anfänger besonderes Schwein haben.

Zu Hause zog er sich seinen feinen Anzug und den guten Mantel an. Er hatte mal gehört, daß man in Spielcasinos mit seriöser Garderobe antanzen mußte.

Als er seine Wohnung verließ, um zum Hauptbahnhof zu fahren, traf er im Treppenhaus Sabine.

„Nanu, Peter, wo willst du denn hin in dieser feinen Tapete?" Taktvoll verkniff sie sich die Frage nach Peters GVG-Karriere.

„Och, ich hab' Langeweile. Da wollte ich mal mein Glück im Spielcasino versuchen. Vielleicht gewinne ich ja im Roulette." Er sagte es in unbeschwertem Ton. Sabine sollte nicht wissen, daß er blank war, sonst würde sie, freilich in guter Absicht, auf ihn einreden, um ihn davon abzuhalten. Mit ihrer Reaktion hatte er aber nicht gerechnet.

„Prima! Warte mal kurz, ich komme mit! So einen Laden hab' ich noch nie gesehen."

Sie bugsierte ihn in ihre Wohnung und verschwand im Schlafzimmer, um sich umzuziehen. Peter war das gar nicht recht. Vielleicht erlebte Sabine ja bald seinen finanziellen Ruin mit. Irgendwie hatte er den richtigen Moment verpaßt, sie abzuwimmeln. Aber er wollte sie nicht vor den Kopf stoßen, indem er sie abwies. Außerdem wußte sie ja nicht, daß es um seine letzten Kohlen ging.

„Wieviel Geld nimmst du denn mit?" fragte sie durch die angelehnte Schlafzimmertür.

„Nun ja, fuffzich Mark riskiere ich mal." ‚Mehr geht ja auch nicht', dachte er verbittert.

Sabine kam in einem hübschen Hosenanzug aus dem Schlafzimmer und zog sich eine warme Jacke über.

„Na gut, dann stecke ich auch 50 Mark ein. Vielleicht kommen wir ja als Millionäre zurück."

Sie fuhren mit der U-Bahn zu Hauptbahnhof und fragten sich zum Busbahnhof durch, wo der Bus zum Casino abfuhr. Weil sie den Fahrplan nicht kannten, waren sie zu früh da und mußten eine halbe Stunde in der Kälte warten. Während der Wartezeit fingen sie an zu spinnen, was sie mit ihrem großen Gewinn alles machen würden. Ganz oben auf Sabines Wunschliste stand ein Auto und dann eine Amerika-Reise, während Peter sich so viel Zaster wünschte, daß er in Zukunft ohne Arbeit gut leben konnte.

Nach einer halben Stunde Fahrt hielt der Bus vor dem Casino. Sabine und Peter folgten einfach den anderen Fahrgästen, meist Rentnern, die offenbar alle öfter hier waren.

An der Garderobe gaben sie ihre Mäntel ab. Vor der Eingangstür zum Spielsaal wurden ihre Ausweise kontrolliert und ihre Namen in einen Computer eingetippt, der daraufhin die Eintrittskarten ausspuckte.

„Einen angenehmen Aufenthalt, die Herrschaften!" wünschte ihnen der Kassierer. Als sie den Spielsaal betraten, öffnete ihnen ein Diener in Uniform die Tür. Das gab ihnen das Gefühl, bereits Millionäre zu sein.

Im Spielsaal blieben sie stehen, wie zwei verschüchterte Kinder und sahen sich um.

Es war ein großer Saal mit mehreren Tischen, an denen Roulette oder Black Jack gespielt werden konnte. An den Wänden standen vornehme Ledersitzgruppen mit Couchtischen, auf denen man sich komfortabel von seinen Verlusten erholen konnte.

Über den Roulettetischen hingen Schilder, die für den betreffenden Tisch den Mindest- und den Höchsteinsatz angaben. Das meiste Gedränge herrschte um den ‚billigen' Tisch, an dem man ab fünf Mark Einsatz spielen konnte.

Trotz der vielen Besucher war es relativ ruhig. Gespräche wurden nur gedämpft geführt, so daß man deutlich das Klikkern der Roulettekugeln hören konnte.

„Und wie geht das jetzt hier?" fragte Sabine leise.

„Weiß' ich auch nicht. Am besten spionieren wir erstmal."

Sie stellten sich in respektvoller Entfernung neben einen Tisch, an dem man ab zehn Mark mitspielen konnte. Hier herrschte deutlich weniger Betrieb, als an dem Rentnertisch, so daß sie die Vorgänge besser beobachten konnten.

Im Prinzip wußten sie, daß man auf ganze Zahlen setzen konnte, oder auf alle roten oder alle schwarzen Zahlen, ebenso auf alle geraden oder alle ungeraden und daß der Gewinn, aber auch das Risiko bei einzelnen Zahlen am höchsten war. Aber hier schwirrten Fachausdrücke durch die Luft, die sie nicht verstanden.

Ein Herr warf einem der drei Croupiers einen Jeton zu und verlangte „Douze premier!", und der Croupier setzte den Jeton mit seinem Schieber geschickt auf das entsprechende Feld.

Eine Dame wünschte „Finale drei!", und auch deren Jetons wurden vom Croupier gekonnt auf dem Filztuch des Spieltisches verteilt.

Sabine stupste Peter an.

„Was macht der denn da?" flüsterte sie und wies mit ihrer Nasenspitze auf einen schäbig gekleideten Glatzkopf, der auf einem der Ledersofas saß und sich mit einem Haufen vollgeschmierter Zettel und einem Taschenrechner beschäftigte.

Peter sah unauffällig in dessen Richtung.

„Weiß' nicht. Vielleicht versucht er, ein System auszurechnen."

Sabine runzelte die Stirn. Daß Erwachsene so naiv sein konnten! Sie erinnerte sich an einen Urlaub als 11-jährige im Bayrischen Wald mit den Eltern. Es war schlechtes Wetter gewesen, und zum Zeitvertreib hatte sie mit ihrem damals 13-jährigen Bruder Kinder-Roulette gespielt. Dabei kamen sie auf die Idee, zu prüfen, ob es ein System gäbe. Sabine drehte über einhundertmal das Rad, und ihr Bruder schrieb alle

Zahlen auf einem karierten Blatt Papier auf und kennzeichnete sie auch mit ‚R' oder ‚S' für rote oder schwarze Zahlen. Beide vestanden nichts von Statistik oder Wahrscheinlichkeitsberechnung, aber schon mit ihren damaligen Mathematikkenntnissen der 5. und 7. Klasse erkannten sie, daß die Zahlen aber auch gar nichts miteinander zu tun hatten. Es fiel vierzehnmal hintereinander eine rote Zahl, trotzdem kam deswegen danach nicht vierzehnmal eine schwarze Zahl. Damit war ihr jugendlicher Traum, später als Systemspieler reich zu werden, statt wie der Vater jeden Morgen mit nörgeligem Gesicht zur Arbeit zu schleichen, geplatzt.

Außerdem sagte sich Sabine, wenn es ein System gäbe, hätte es sich längst herumgesprochen, und alle Casinos auf der Welt wären schon pleite.

Sie sah erstaunt Peter an, der hörbar die Luft einsog und jetzt schweigend auf den Spieltisch starrte. Dann sah sie es auch: Ein unauffällig gekleideter Herr hatte 5.000 Mark auf rot gesetzt! Alle um den Tisch gafften auf den großen Jeton mit der aufgedruckten ‚5000'. Selbst den sonst so kühlen Croupiers merkte man eine gewisse Spannung an.

Sabine und Peter empfanden ein tiefes Unrechtsgefühl. Da war jemand, der es sich leisten konnte, soviel beim Spiel zu riskieren, wovon andere fünf Monate leben mußten.

„Nichts geht mehr!" beendete der Drehcroupier die Einsätze. Dann klackerte die Kugel die Felder entlang, bis sie zum Stillstand kam.

Es fiel die 14, rot, gerade.

Mit Ausatmen und Gemurmel löste sich die Spannung. Der unauffällig gekleidete Herr nahm mit der größten Selbstverständlichkeit seinen Gewinn von 5.000 Mark in Empfang.

„Für die Angestellten!" sagte er und warf einem Croupier einen Jeton als Trinkgeld zu. Es war ein Hundertmarkstück!

„Danke sehr, der Herr! Vielen Dank!" sagte der Croupier artig und steckte den Jeton in einen mit einer Messingplatte eingefaßten Schlitz auf dem Filzbelag, unter dem offenbar eine Art Spardose für Trinkgelder befestigt war.

Jetzt gab es für Sabine und Peter kein Halten mehr. Sie gingen zur Wechselkasse, wo man die Jetons kaufen konnte. Auch der schäbig gekleidete Glatzkopf war offenbar mit seinem System zu einem Resultat gekommen. Er stand auf und ging ebenfalls zur Kasse.

Am ‚billigen' Tisch wurden gerade drei Sitplätze frei. Sabine und Peter eroberten schnell zwei davon. Der Glatzkopf ließ sich neben Sabine auf den letzten freien Stuhl plumpsen und zündete sich eine übelriechende Zigarette an. Neben Peter saß eine alte Dame, die heute offenbar ihren Glückstag hatte. Mit den Händen beschützte sie einen großen vor sich aufgehäuften Berg Jetons. Allerdings waren es nur die gelben Fünfmarkstücke.

Sabine und Peter setzten auf rot. Natürlich fiel dann die 2, eine schwarze Zahl.

‚Das fängt ja gut an', dachte Peter verdrießlich. Die alte Dame neben ihm hatte auf schwarz gesetzt und erhöhte nach ihrem Gewinn den Einsatz.

Beim nächsten Spiel setzten sie wieder auf rot, denn jetzt müßte ja mal eine rote Zahl dran sein. Aber es fiel die 13, also wieder schwarz.

Beim dritten Spiel setzten sie endlich auf schwarz, worauf die Kugel mit hämischem Geklacker auf die 7, rot, fiel. Erst beim vierten Spiel, als sie reumütig zu rot zurückgekehrt waren, fiel die 5, und sie hatten das erste Mal gewonnen.

Der Glatzkopf setzte eisern auf die 3 und hatte jetzt schon viermal verloren. Jedesmal erhöhte er seinen Einsatz um fünf Mark.

„Das ist ein Teil meines Systems!" erklärte er Sabine mit wichtigtuerischer Miene. „Nach jedem Verlust müssen Sie den Einsatz erhöhen!"

Die alte Dame mit den vielen Jetons hatte inzwischen Mitleid mit Peter und zupfte ihn am Ärmel.

„Junger Mann, wenn ich ihnen mal einen Tip geben darf",

sagte sie, „Sie müssen nach jedem Gewinn den Einsatz erhöhen. Das ist ein todsicheres System!"

Peter war unschlüssig. Er flüsterte zu Sabine: „Die alte Schachtel sagt, ich soll nach einem Gewinn den Einsatz erhöhen."

„Was denn nun?" fragte Sabine ärgerlich. „Der Knilch neben mir sagt genau das Gegenteil."

Beide waren ratlos und beschlossen, weiterhin nur Fünfmarkstücke zu setzen.

Während der nächsten 20 Minuten hielten sich ihre Gewinne und Verluste im Gleichgewicht. Der schäbig gekleidete Glatzkopf hatte seine übelriechende Zigarette inzwischen bis zum Filter aufgeraucht, so daß sich ein entsetzlicher Gestank verbreitete, bis er es endlich merkte und den Stummel im Aschbecher ausdrückte.

Als dann die 3 fiel, sprang er jubelnd auf und tanzte am Spieltisch von einem Bein auf das andere.

„Juhuu, endlich die 3! Ich wußte ja, daß mein System funktioniert!"

Die übrigen Spieler sahen ihn belustigt oder verächtlich an. Er hatte zwar eben 175 Mark gewonnen, aber seine Freude wäre wohl gedämpfter gewesen, wenn er mal nachgerechnet hätte, daß seine vorherigen Verluste fast ebenso hoch lagen.

Das, was Sabine und Peter vor einer Stunde noch als den Glanz der großen Welt bestaunt hatten, wurde ihnen jetzt langweilig. Peter besaß von seinen 50 Mark noch 35 und Sabine 30. Der erhoffte große Gewinn war bis jetzt ausgeblieben, wo hätte er auch herkommen sollen? Die beiden setzten ja nur auf kleine Chancen. Sie beschlossen, ihr Glück im Automatensaal zu versuchen. Als sie vom Roulettetisch aufstanden, wurden die freiwerdenden Plätze sofort von einem hinter ihnen stehenden Ehepaar mit geldgierigem Glitzern in den Augen besetzt.

An der Kasse tauschten sie ihre Jetons in Bargeld um und verließen den Spielsaal. Wieder wurde ihnen von dem uniformierten Diener die Tür aufgerissen.

Gegenüber der vornehmen Ruhe im Roulettesaal herrschte im Automatensaal gewöhnungsbedürftiges Treiben. Auch die Spieler brauchten hier offenbar nicht so vornehm gekleidet zu sein, wie nebenan. Man sah mehrere Männer in Lederjacken und ohne Krawatte.

Sabine und Peter gingen staunend an den chromglänzenden Spielautomaten entlang, mit denen die Wände vollgehängt waren. Es gab Geräte für Einemark-, Zweimark- und Fünfmarkstücke. Nach Einwurf der Münzen mußte man einen Hebel an der Seite ziehen, worauf sich Walzen mit Symbolen in Bewegung setzten. Je nachdem, welche Symbolkombination nach dem Stop der Walzen angezeigt wurde, hatte der Spieler gewonnen oder auch nicht (letzteres war meistens der Fall). Wegen des seitlich angebrachten Hebels und des unberechenbaren Verhaltens werden diese Automaten auch als ‚einarmige Banditen' bezeichnet.

Ab und zu spuckte ein Automat ratternd und klickernd eine Anzahl Münzen aus, die in einem Fach an der Unterseite landeten. Das war schon ein faszinierender Anblick. Sabine rechnete wieder kritisch nach: Selbst, wenn so ein Gerät 100 Münzen zu fünf Mark ausspuckte, was bestimmt selten vorkam, dann waren für so ein Unternehmen wie ein Spielcasino diese 500 Mark ein Pups!

Eine Frau um die Sechzig bediente mit starrem Blick und großer Hast gleichzeitig zwei Automaten. Sie nahm eine Münze aus dem Fach, in dem die Gewinne landeten, steckte sie in den Schlitz und zog den Hebel. Dann machte sie das Gleiche mit dem anderen Gerät. So fütterte sie die beiden Automaten im Zweisekundenrhythmus, ohne auf die Gewinnanzeige zu sehen. Ab und zu klickerten einige Münzen als Gewinn in das Fach.

Eine etwa gleichaltrige Dame kam dazu und zupfte ihre spielwütige Freundin am Ärmel.

„Wollen wir nicht bald mal aufbrechen?"

„Ich kann noch nicht", antwortete die fanatische Spielerin, vor Anstrengung keuchend, ohne dabei das akkordartige Füttern der Automaten zu unterbrechen. „Ich hab' meinen Einsatz noch nicht wieder 'raus."

Sabine und Peter hatten die Szene mitbekommen. Sabine machte mit vielsagendem Blick mit der Hand die typische Scheibenwischerbewegung vor ihrem Gesicht, um Peter ohne Worte zu sagen, was sie von solchen Leuten hielt.

An der anderen Wand des Saales fing ein einarmiger Bandit an, Münzen auszuspucken und wollte offenbar gar nicht wieder damit aufhören. Er ratterte und klickerte über eine Minute lang. Ein Bediensteter des Casinos kam beflissen mit einer Plastikschale angerannt, in die der glückliche Gewinner seine Münzen abfüllen konnte. An der Wechselkasse wurde der Inhalt in eine Zählmaschine geschüttet, und kurz darauf erhielt der Spieler vier Einhundertmarkscheine, mit denen er strahlend abzog.

Sabine und Peter wechselten ihr übriggebliebenes Geld in Markstücke und suchten sich zwei nebeneinanderliegende Automaten. Das erste Spiel wurde höchst andächtig und konzentriert durchgeführt. Danach steigerte sich die Geschwindigkeit, mit der ihr Münzvorrat zusammenschrumpfte. Peter gewann zweimal zehn Mark, was ihn schon euphorisch in die Luft hüpfen ließ.

Aber die Automaten erwiesen sich als zu gefräßig. Zwei Stunden, nachdem die Beiden das Casino betreten hatten, waren sie pleite.

„Ist doch nicht so schlimm!" versuchte Sabine Peter auf der Rückfahrt im Bus zu trösten, weil sie sein frustriertes Gesicht bemerkt hatte. „Es war doch ein interessanter Nachmittag."

‚Die hat gut reden', dachte Peter, ‚die hat ja auch letzte Woche Gehalt plus Weihnachtsgeld kassiert. Und ich bin jetzt wirklich vollkommen blank!'

Er zog ernsthaft in Erwägung, sich mit einem Bettelhut am Hauptbahnhof hinzusetzen.

9. Einbruchspläne

Am Samstag hatte Peter wegen des Casinobesuches keine Zeitung gekauft, und am Sonntag bekam er am Kiosk schon keine mehr vom Vortag. Erst am Montag fand er im Keller auf dem Altpapierstapel ein Exemplar vom Wochenende.

Die Seite mit den Stellenanzeigen erwies sich wieder als ausgesprochen mager. Er blätterte den restlichen Teil der Zeitung durch. Auf Seite 5 stand ein Artikel über eine Einbrecherbande, die schon wieder einen Tresor geknackt und 84.000 Mark erbeutet hatte.

‚Die machen es richtig’, dachte Peter, ‚die lassen sich nicht von hochnäsigen Personalchefs und Sekretärinnen anmachen und schuften auch nicht für zwei Mille den ganzen Monat. Die holen sich einfach, was sie wollen!’

84.000 Mark, ein hübscher Haufen Geld! Peter rechnete sich aus, daß er davon zwei bis drei Jahre leben könnte. Schade, daß er keinen Tresor kannte, den es sich zu knacken lohnte. Abgesehen natürlich von Meckes Tresor.

Meckes Tresor... Meckes Tresor... Meckes Tresor....

Wie ein Echo hallten die Worte in seinem Gehirn. Er sah vor sich ganz deutlich die Szene, als er damals mit der Post in Meckes Büro platzte und Mecke und Wolter beim Geldzählen überraschte. Als ob es gerade jetzt passierte, erinnerte er sich an die offenstehende Tresortür mit dem im Schloß steckenden Schlüsselbund und an das auf dem Fußboden stehende Ölgemälde (Industriebetrieb, Ende 19. Jahrhundert), welches sonst den Tresor verbarg. Und an die 100.000 Mark auf Meckes Schreibtisch, die ja in Wirklichkeit nur 14.000 Mark und dazu noch eine seltene Ausnahme gewesen waren.

‚Das Ding müßte man aufmachen!’ dachte Peter. ‚Dann könnten sie mich für eine ganze Weile am Arsch lecken.’

Ihm fiel auf, daß er in letzter Zeit viel in Konjunktiven

dachte. Es blieb aber immer beim ‚müßte' oder ‚könnte' oder ‚würde'. Die Realität sah doch so aus, daß immer andere solche Sachen durchzogen. Er spielte nur die Rolle des Außenstehenden, des Zuschauers. Zugegeben, die Sache mit dem Geschenkartikelverkauf und den Besuch im Spielcasino hatte er wirklich gemacht. Es war zwar nichts dabei herausgekommen, aber sein Ärger darüber hielt sich in Grenzen, denn er hatte es wenigstens versucht, nur eben sich zu leicht vorgestellt.

Dazu kam die Langeweile der kalten, grauen Spätherbsttage. Er hätte einiges unternehmen können, aber fast alle Freizeitaktivitäten waren mit Geldausgeben verbunden.

Zu seinem Erstaunen bemerkte er, wie sich seine Unternehmungslust in Richtung Tresorknacken bewegte. Er versuchte, den Gedanken zu verdrängen und beschimpfte sich selber als Spinner. Natürlich gab es im Gebäude von Schreyner eine Alarmanlage, die abends scharfgeschaltet wurde. Und tagsüber konnte er ja wohl schlecht dort hineinlatschen, weil ihn ja jeder kannte.

Um sich abzulenken, zog er sich warm an und ging spazieren.

Sein Weg führte ihn durch einen öden, verlassenen Park. Die kahlen Äste der Bäume wirkten gespenstisch im grauen Hochnebel, wie in einem englischen Gruselfilm. Unvorstellbar, daß vor ein paar Wochen hier noch Kinder auf den Wiesen gespielt hatten.

Die Alarmanlage war gar nicht so schlimm, sie sicherte nur die äußeren Fenster und Türen ab. Wenn er kurz vor Feierabend ungesehen ins Lager schleichen und sich dort einschließen lassen würde, dann könnte er sich ungestört die ganze Nacht im Gebäude bewegen.

‚Arschgeige!' beschimpfte er sich selber. ‚Jetzt ist aber endlich Schluß mit dieser Schnapsidee!'

Arbeitslos zu sein war schlimm genug, besonders in der kalten Jahreszeit. Doch wenn er den Blödsinn mit dem Einbruch weiter ausführte, dann würde er pünktlich zum Sommer im Knast sitzen. Dann lieber frei und arbeitslos, aber wenigstens nicht vorbestraft.

,Du könntest dich im Gebüsch am Werkstor verstecken!' flüsterte der kleine, häßliche Teufel in seinem Oberstübchen ihm zu. ,Pohl ist abends der Letzte, und wenn er hinausgeht, um den Gabelstapler in das Lager zu fahren, könntest du schnell durch das Tor huschen und dich dort verstecken.'

„Jetzt hab' ich aber genug!" schrie Peter laut in den stillen Park. Erschrocken über sich selber blickte er sich in alle Richtungen um, ob ihn jemand anstarrte. Der müßte ihn ja für bekloppt halten. Naja, wahrscheinlich war er auch auf dem besten Wege dazu.

Ziemlich durchgefroren kam er zu Hause an und bereitete sich ein gemütliches Schaumbad. Als er entspannt in dem warmen Wasser mit den Schaumbergen lag, meldete sich wieder der kleine Dämon in seinem Kopf.

,Überleg' doch mal, wie man den Tresor aufkriegen könnte!' flüsterte er ihm zu. Peter verdrehte gequält die Augen nach oben.

Mecke war bestimmt nicht der Typ, der seinen Tresor abschloß und den Schlüssel dann in die Büroklammerdose legte. Die damals offenstehende Tresortür schätzte Peter in seiner Erinnerung auf ca. 5 cm Stärke. Natürlich handelte es sich dabei nicht um eine massive Platte, denn irgendwo darin saßen ja noch das Schloß und die Riegel. Aber so ein Tresor war bestimmt mit hoher Präzision gefertigt und der Türspalt deswegen so schmal, daß man nicht einfach eine Brechstange ansetzen konnte. Und sicherlich bestand die Tür aus besonders gutem Stahl. Bei dem Versuch, mit einer normalen Bohrmaschine Loch neben Loch zu setzen, würde er sich wahrscheinlich krank und doof bohren. Gewiß ließ sich die Tür außer mit dem Schlüssel auch mit Sprengstoff öffnen. Aber Peter hatte keinen Sprengstoff im Haus und wußte auch nicht, wo er welchen herbekommen sollte.

„Du bist ein Idiot!" schalt er sich. „Sieh' lieber zu, daß du vernünftige Arbeit findest!"

Er kletterte aus der Badewanne, sah beim Abendessen im Bademantel noch eine Theaterkomödie im Fernsehen und ging dann ins Bett. Erst nach langer Zeit schlief er ein, weil seine Gedanken wie eine kaputte Schallplatte immer um die Tresortür kreisten.

Am nächsten Morgen blinzelte Peter um halb acht zum Fenster. Wieder so kalt, grau und nebelig wie gestern. Er zog sich die Decke über den Kopf, um von seinem kalten und grauen Leben nichts mehr zu sehen.

‚Und wenn du die Tresortür aufschweißen würdest?' begrüßte ihn der kleine Dämon in seinem Oberstübchen.

Peter stöhnte auf, hob den Kopf und ließ ihn wieder auf das Kissen plumpsen. Allmählich nervten ihn diese inneren Zwangsdialoge tierisch.

Er wälzte sich aus dem Bett und schlich in die Küche, um sich sein Frühstück zu machen. Heute hatte er nichts Besonderes vor, es erschien auch keine Zeitung mit Stellenanzeigen, und das Wetter war so, daß er am liebsten Winterschlaf gehalten hätte. Für solche Zeiten lagen einige auf Videokassetten aufgenommene Fernsehfilme auf seinem Wohnzimmertisch, die er beim gemütlichen Frühstück im Bademantel nach und nach ansah.

War es wieder der kleine Teufel in ihm, der ihn die Kassette über einen Tresoreinbruch einlegen ließ? Der Film spielte in den 50er Jahren in Berlin und handelte von einem Spätheimkehrer, der keine Arbeit fand und sich deshalb bei einer Bank ein Schließfach mietete, um so den Tresorraum auskundschaften zu können. Später grub er zusammen mit seinem Bruder einen Tunnel zur Bank und stieg in den Keller mit den Schließfächern ein. Letzten Endes scheiterte das Unternehmen, weil ein Komplize, der die Werkzeuge geliefert hatte, die beiden verfolgte und einen gewaltigen Anteil abhaben wollte, andernfalls würde er sie verpfeifen.

So dämlich wäre Peter natürlich nicht. Er würde niemanden einweihen und die Sache ganz alleine durchziehen. Dann brauchte er auch keinem einen Anteil zu geben.

Also, zum Kuckuck! Jetzt dachte er ja schon wieder über den Einbruch nach! Er war erschrocken, daß er darüber gründlicher grübelte, als über seine Arbeitssuche. Nannte man so etwas im Fachjargon nicht ‚kriminelle Energie'?

‚Na schön!' sagte er zu sich (bzw. zu dem kleinen Dämon in seinem Elfenbeingewölbe). ‚Wenn du so hartnäckig bist, dann werden wir die Sache mal in Ruhe durchdenken. Dann wird sich ja zeigen, daß das alles großer Käse ist.'

Insgeheim wünschte er sich sehnlichst, daß ein unlösbares Hindernis auftauchen würde, welches ihn diesen beknackten Plan endlich ad acta legen ließ.

Der Schweißapparat stellte kein Problem dar. Im Keller des Lagers besaß der Betriebsschlosser Neumann einen mit Maschendraht abgeteilten Verschlag, in dem seine Werkbank und die Werkzeuge verwahrt wurden. Dort stand auch ein Autogen-Schweißgerät mit zwei kleinen Gasflaschen, die sich leicht in Meckes Büro hochtragen ließen.

Als Peter noch seinen alten Fiat besessen hatte, mußten regelmäßig zu jedem TÜV-Termin daran irgendwelche Rostlöcher zugeschweißt werden. Da er sich die Löhne einer Fachwerkstatt nicht leisten konnte, führte er die Reparaturen selber in einer Do-it-yourself-Werkstatt durch, wobei ein Kfz-Meister mit Rat und Tat zur Seite stand. Der zeigte Peter, wie man die Armaturen und Schläuche an die Gasflaschen anschließen und die Ventile einstellen mußte, um den Schweißbrenner in Betrieb zu setzen.

Was müßte er also noch alles mitnehmen? Eine Taschenlampe natürlich und Handschuhe wegen der Fingerabdrücke. Dann ein Feuerzeug, um die Schweißflamme anzuzünden und eine Kneifzange, um den Maschendraht von Neumanns Verschlag durchzuschneiden. Brecheisen und Dietriche brauchte er nicht, denn innerhalb des Gebäudes wurden abends die Türen nicht verschlossen, weil die Putzfrau ja noch nach Betriebsschluß in die Büros gelangen mußte.

Selbstverständlich waren diese Gedanken nur theoretischer Art. Es machte Spaß, etwas zu planen, wenn man sonst nicht ausgelastet war. Aber in Wirklichkeit würde Peter niemals so weit gehen, tatsächlich irgendwo einzubrechen.

Er mußte spitzbübisch grinsen, als ihm eine besonders tolle Idee kam: Man müßte die Sache so durchführen, daß es überhaupt keine Spuren zu sehen gab. Natürlich konnte er nicht hinterher die Tresortür wieder zuschweißen, spachteln und in der passenden Farbe lackieren. Aber er konnte das Ölgemälde wieder vor das ausgebrannte Loch hängen und den Schweißapparat wieder so in Neumanns Bastelecke stellen, wie er ihn vorgefunden hatte. Und die aufgeschnittene Reihe im Maschendraht ließ sich mit einem ähnlichen Draht so weit schließen, daß keiner etwas merken würde.

Vielleicht brauchte Mecke nicht schon morgens an den Tresor zu gehen, sondern erst nachmittags. Der würde vielleicht eine blöde Fresse machen, wenn er sich schon auf den Feierabend freute, das Bild abhängte und dann den leeren Geldschrank sah! Peter fand es schade, daß er ihn dabei nicht beobachten konnte.

Außerdem würde die Polizei es schwerer haben, wenn der Tatzeitpunkt nicht mehr genau bestimmt werden konnte.

PENG!

Die Erkenntnis traf ihn wie eine Ohrfeige. Sein Grinsen fiel von ihm ab, wie ein reifer Apfel vom Baum.

Da war das unlösbare Problem, das er sich vorhin noch gewünscht hatte: Wie sollte er aus dem Gebäude wieder herauskommen, ohne Alarm auszulösen? Wenn er eine Tür oder ein Fenster nach draußen öffnete oder eine Scheibe zerschlug, dann ginge draußen sofort die Sirene und ein rotes Blinklicht los. Bei seinem Glück würde wahrscheinlich gerade in jener

Nacht vor Schreyners Betriebsgelände ein Auto mit einem Liebespaar am Straßenrand parken. Das nachts verlassene Industriegebiet wurde für Schäferstündchen bevorzugt. Und der Macker wäre auch noch so ein Abenteurertyp, der eine flüchtende Gestalt auf einem Moped sofort verfolgen würde, schon um seiner Tusnelda zu imponieren. Sicherlich führte er auch noch ein Handy mit sich, mit dem er die Polizei ständig über den Fluchtweg informieren würde. Keine Chance, mit einem Moped zu entkommen. Peter spürte richtig das harte, kalte Metall der Handschellen an seinen Handgelenken.

Dafür, daß sein Plan rein theoretischer Art war und daß er selbstverständlich niemals wirklich irgendwo einbrechen wollte, fühlte er sich ganz schön deprimiert.

„Hör' auf zu jammern!" befahl er sich selber. „Jetzt hast du doch das Hindernis, das du haben wolltest! Jetzt ist endlich Schluß mit dem Quatsch!"

Der Tag erschien ihm auf einmal noch viel trostloser. Er duschte, zog sich an und ging zum Briefkasten hinunter. Es steckten zwei Briefe von zwei verschiedenen Versicherungen darin. Der eine, das sah er am Absender, beinhaltete die Rechnung für die Moped-Haftpflichtversicherung, die Anfang Januar fällig wurde. Auch wieder 120 Mark! Aber der andere Brief? In der Wohnung öffnete Peter ihn und las:

Zahlungserinnerung

Sehr geehrter Herr Heitrich,

wir machen Sie höflich darauf aufmerksam, daß Ihr Beitragskonto einen Rückstand aufweist.
Sie gefährden damit Ihren Versicherungsschutz.
Bitte zahlen Sie den seit dem 1.10.1994 fälligen Beitrag von DM 178,80 umgehend auf eines unserer Konten ein.

Wir haben für Sie ein vorbereitetes Überweisungs-
formular beigefügt.

Ach du Schreck! Die Hausratversicherung! Die hatte er total
vergessen. Gewiß, da war Anfang September die Rechnung
gekommen, aber damals blieben ihm noch drei Wochen Zeit
bis zur Fälligkeit. Er ließ das Schreiben auf dem Tisch liegen,
und schon bald war es unter Zeitschriften und Videokassetten
vergraben.

Jetzt sollte er auf einmal 300 Mark zahlen. Sehr viel, wenn
man das Geld nicht besaß.

Bald würden Miete, Strom und Telefon abgebucht werden,
und dann wäre sein Konto in den roten Zahlen. Es war nur
noch eine Frage der Zeit, bis er auf der Straße sitzen würde.

Wegen dieser Zukunftsaussichten nahm er die Planung hin-
sichtlich der Tresortür notgedrungen wieder in Angriff.
Selbstverständlich nur theoretisch, weil er ja nie wirklich einbrechen würde. Aber es bedeutete einen kleinen Trost, wenn
man in Gedanken noch einen Rettungsanker im Hinterkopf
verwahrte.

Die Einbruchspläne machten ihm jetzt nicht mehr so viel
Spaß, wie noch vor einer Viertelstunde, weil nun ein gewisser
Zwang dahinterstand.

Die hauptsächliche Frage war immer noch, wie man aus
dem alarmgesicherten Gebäude verschwinden könnte. Peter
setzte sich in seinen Sessel, schloß die Augen und stellte sich
vor, im Lager der Firma Schreyner zu stehen. Deutlich sah er
vor seinem inneren Auge die kahlen, grauen Betonwände und
die grauglänzende Metallregalanlage. In Gedanken schaute er
sich um.

Na klar, die Klofenster im Erdgeschoß waren nicht an die
Alarmanlage angeschlossen, aber dafür vergittert. Gewiß
verwahrte Neumann in seinem Verschlag auch eine Eisensäge. Peter hatte ihm mal zugesehen, wie er ein Rohr absägte.
Aber erstens machte so etwas viel Mühe, und er mußte ja

nicht nur einen, sondern ein paar mehr Gitterstäbe durchsägen, um durch das Fenster klettern zu können. Zweitens verursachte so eine Eisensäge ein fürchterliches Kreischen, was jemand hören könnte. Und drittens gingen die Klofenster zum Parkplatz hinaus. Jeder, der am nächsten Morgen zur Arbeit käme, würde sofort sehen, daß dort eingebrochen (bzw. ausgebrochen) worden war. Peter verwarf den Plan mit dem Klofenster.

Er ging in Gedanken vom Lager zu Meckes Büro im ersten Stock. Das Bürogebäude hatte ein Flachdach, und darin saßen an einigen Stellen Plexiglaskuppeln als Oberlichter, die elektrisch geöffnet werden konnten. Aber um dort hinauszusteigen würde er erstens eine Leiter brauchen, und zweitens waren die Oberlichter auch an die Alarmanlage angeschlossen, damit niemand über das Dach einsteigen konnte.

Peter grübelte weiter. Der Keller des Lagers bot keinen Fluchtweg, dort gab es keinerlei Fenster. In dem Film über den Bankeinbruch hatten die Täter einen Tunnel zur Bank gegraben. Aber Peter schwante, daß eine Nacht nicht ausreichen würde, um die Wand aufzustemmen, einen Tunnel zum nächsten Gully zu graben, den ganzen Bauaushub im Klo hinunterzuspülen und bei der Flucht noch die Wand hinter sich zuzumauern. Peter hätte auch gar nicht gewußt, in welcher Richtung der nächste Gully lag. Außerdem besaß Neumann als Schlosser keine Tiefbauwerkzeuge.

Auf dem gestrigen Spaziergang durch den verlassenen Park hatte ihm doch der kleine Teufel in seinem Gehirn ein paar Tips eingeflüstert. Gestern wollte Peter davon nichts wissen. Jetzt fiel ihm ein, daß er den Dämon vielleicht animieren könnte, wenn er den gleichen Weg noch einmal gehen würde.

Er zog sich seine warme Jacke an und ging durch den gleichen kahlen, verlassenen Park wie gestern. Seine Füße bewegten sich automatisch. Im Geiste ging er nicht durch den Park, sondern durch den Betrieb von Schreyner. Aber wohin er in Gedanken seine Schritte auch lenkte, immer stieß er auf eine Mauer oder ein alarmgesichertes Fenster.

Ohne es richtig zu registrieren, hatte Peter den Park verlassen und kam an einer Bushaltestelle vorbei. Gedankenverloren streifte sein Blick das weiße Haltestellenschild mit dem großen, grünen ,H' auf gelbem Rund.

Und da kam der Gedankenblitz!

Die Firma Schreyner handelte auch mit Autofensterscheiben und den dazugehörigen Dichtungen. Peter wußte also, wie die Teile aussahen. Abgesehen von ganz modernen Wagen, bei denen die Scheiben eingeklebt sind, werden die Glasscheiben durch Gummiprofile in der Karosserie gehalten. Im Schnitt sehen diese ähnlich aus, wie ein großes ,H'. In dem oberen Einschnitt von dem ,H' muß man sich das Karosserieblech vorstellen und in dem unteren Einschnitt die Fensterscheibe. Und genauso waren auch die Plexiglasfenster in dem großen Rolltor des Lagers befestigt, das man mit einer Kette nach oben aufziehen konnte. Peter wußte das deshalb, weil so ein Fenster mal kaputtgegangen und ausgewechselt worden war. Mit etwas Kraft konnte man bestimmt die Scheibe aus dem Gummiprofil drücken, durch das Loch klettern und das Glas mit dem Gummi wieder in den Rahmen fummeln. Er müßte dazu nur noch einen Schraubenzieher mitnehmen. Das Rolltor war zwar auch durch die Alarmanlage gesichert, aber nicht die Scheiben darin, weil man die Fenster nicht öffnen konnte und das Plexiglas als schwer zerbrechlich angesehen wurde.

Hocherfreut eilte Peter nach Hause. In seinem Sessel durchdachte er noch einmal den ganzen Ablauf des Einbruches, den er ja nie begehen wollte. Also, mitnehmen müßte er Handschuhe, Taschenlampe, Feuerzeug, Kneifzange, Draht und Schraubenzieher. Die Taschenlampe! Waren die Batterien überhaupt noch voll? Er sprang aus dem Sessel und rannte zu dem Schränkchen auf dem Flur, wo er die nötigsten Werkzeuge verwahrte. Puuh, Glück gehabt. Die Lampe strahlte ein helles Licht aus. Und da lag ja auch eine Rolle Draht! Lederhandschuhe verwahrte er im Keller. Er packte alles in eine

Umhängetasche.

Wie sah nun der praktische Ablauf aus? Er würde gegen halb fünf, nach Einbruch der Dunkelheit, mit seinem Moped zu Schreyner fahren. Auf der gegenüberliegenden Straßenseite lag der Kanal. Dort gab es ein seit dem Krieg leerstehendes Grundstück, auf dem wilde Sträucher wucherten. Hinter denen würde er das Moped verstecken und in einem günstigen Moment, wenn niemand vorbeikam, über den Zaun steigen. Dahinter waren Gebüsche gepflanzt, hinter denen er sich verstecken könnte, bis Pohl herauskäme, um den draußen abgestellten Gabelstapler für die Nacht in die Lagerhalle zu fahren.

Das wäre der entscheidende Moment. Wenn Pohl zu dem Stapler ginge, würde er dem Gebüsch den Rücken zukehren. Dann müßte Peter über den Hof zu dem offenstehenden Rolltor laufen. Und das wäre nur möglich, wenn nicht in diesem Moment jemand auf dem Hof zu seinem Wagen ginge. Dann müßte Peter alles abblasen und am nächsten Tag wiederkommen. Zum Glück war die Wahrscheinlichkeit dafür sehr gering, weil Pohl stets als einer der Letzten den Betrieb verließ.

Und wenn Peter erstmal im Lager wäre, brauchte er sich nur hinter einem Regal oder einer Kiste zu verstecken, bis Pohl gegangen war. Dann müßte er in den Keller zu Neumanns Bastelecke gehen, eine Reihe des Maschendrahtes aufschneiden, den Schweißapparat herausholen und in Meckes Büro hochtragen.

Dort würde er die Sonnenschutzjalousie herunterkurbeln, den Schweißapparat aufbauen und dann ran an den Speck.

Hinterher würde er dann wie geplant das Werkzeug wieder in Neumanns Verschlag bringen, den Maschendraht mit seinem mitgebrachten Draht verschließen, die Scheibe aus dem Rolltor drücken, hinausklettern und die Scheibe mit dem Gummiprofil wieder hineinfummeln. Dann brauchte er nur noch über den Zaun zu klettern und hätte sich einen tollen

Stundenlohn verdient.

Bei diesem letzten Teil des Unternehmens mußte er natürlich besonders gut prüfen, ob niemand gerade des Weges kam. Wäre schön blöd, wenn er mit dem ganzen Zaster in der Tasche noch geschnappt würde.

Er konnte es gar nicht erwarten, bis es Nachmittag wurde. Aber als es soweit war, aufzubrechen, mußte er feststellen, daß neben dem kleinen Teufelchen auch noch ein kleines Engelchen in seinem Kopf residierte.

‚Willst du sowas wirklich machen?' fragte der Engel.

‚Na, logo!' antwortete der Teufel. ‚Schließlich brauchst du die Kohlen.'

‚Was passiert eigentlich mit deinen ganzen Sachen, wenn du im Gefängnis bist?' erkundigte sich der Engel.

Na ja, da er keine Miete würde zahlen können, würde die Wohnung leergeräumt, neu vermietet und seine ganzen Sachen irgendwo eingelagert werden. Kein schöner Gedanke, daß irgendwelche Möbelträger sein privates Gut rücksichtslos in Kisten stopften und abtransportierten.

‚Soll ich nun aufbrechen oder nicht?' grübelte Peter. Er war sehr unentschlossen. Dazu kam ein schrecklich hohles Gefühl in der Magengegend.

‚Im Grunde kann ich es ja immer noch machen', dachte Peter.

Irgendwann erledigte sich der innere Dialog, weil es zu spät wurde und Pohl längst auf dem Heimweg war. Peter fiel sehr erleichtert in seinen Fernsehsessel, weil die Zeit für ihn die Entscheidung getroffen hatte.

Drei Stunden später gewann der Teufel wieder die Oberhand.

‚Wenn du nicht so ein Waschlappen wärest, dann würdest du jetzt schon reich sein!'

Peter ärgerte sich über die verstrichene Gelegenheit und nahm sich vor, morgen die Sache auf jeden Fall durchzuziehen. Um abgebrühter zu werden, sah er sich im Fernsehen noch zwei Gangsterfilme an.

10. Der Tresor

Am nächsten Tag erschien wieder die Zeitung mit dem Stellenteil. Peter ging gar nicht erst los, um sie sich zu holen. Erstens würde wahrscheinlich wieder nichts Brauchbares drin sein, und zweitens war die Zeit vorbei, wo er sich mit solchen albernen Sachen wie unterbezahlten Jobs abgab. Heute Abend würde er richtig Geld machen.

Am Nachmittag meldete sich wieder das bekannte hohle Gefühl in der Magengegend, ergänzt durch ein entsetzlich starkes Herzklopfen. Dazu kam noch etwas Anderes, das Peter erst nach einiger Zeit als eiskalte, zitternde Hände diagnostizierte. Er versuchte, die vor ihm liegende Aufgabe als Job zu sehen, der erledigt werden mußte, und nicht als Straftat. Leider beeindruckte das weder seinen Magen noch seine Hände.

,Wenn du dir diese Schlappschwänzigkeit nicht schlagartig abgewöhnst, wird aus dir nie etwas werden!' ermahnte ihn der kleine Teufel.

,Na, hör' mal! Immerhin habe ich so etwas noch nie gemacht', antwortete ihm Peter im Geiste.

Das war überhaupt die Idee! Vielleicht könnte er durch langsame Gewöhnung seine Angst verlieren? Wenn er jetzt wie geplant seine Einbruchswerkzeuge einpackte und zu Schreyner fuhr, das Moped im Gebüsch versteckte und das Betriebsgelände beobachtete, dann hätte er doch fürs Erste genug getan. Dieser Teil wäre ihm dann schon vertraut und würde beim nächsten Mal ohne Schlottern über die Bühne gehen.

Am nächsten Tag würde er wieder das Gleiche machen, aber dann noch zusätzlich über den Zaun steigen und Pohl beobachten. Und am dritten Tag hätte er dann schon so viel Übung, daß der Sprint zum offenstehenden Lagertor keine große Herausforderung mehr wäre.

Hocherfreut, daß diesen Abend noch nichts passieren konnte, hängte er sich die Tasche mit dem Werkzeug um und brach auf.

Kurz vor dem Gelände von Schreyner machte die Straße eine unübersichtliche Kurve. Ein Porsche fuhr mit ungeduldig aufbrummelndem Motor dicht hinter Peters Moped her, konnte ihn aber erst nach der Kurve haarscharf überholen.

„Fahr' doch auf dem Radweg, du Scheißer!" schrie ihn der Beifahrer durch das geöffnete Fenster an.

Peter kochte vor Wut. Natürlich wieder reiche Leute mit einem dicken Auto, die auf ihm, dem armen Arbeitslosen, herumtrampelten.

„Jetzt ist damit endgültig Schluß!" sagte sich Peter entschlossen. „Jetzt werde ich diesen Bonzen mal zeigen, daß man sich mit mir nicht anlegt!"

Sein Zorn verlieh ihm ungeahnte (kriminelle) Energie. Solche albernen Scherze, wie probeweise zum Tatort fahren und am nächsten Tag wieder, waren jetzt abgeblasen. Heute abend würde er die Sache endgültig durchführen, damit er auch endlich zu den Reichen gehörte.

Natürlich wäre er nicht so blöd, das ganze Geld für ein Auto auszugeben. Schließlich wollte er ja ein paar Jahre davon leben. Aber einen kleinen Wagen würde er sich schon gönnen, um nicht ständig von Fahrplänen abhängig zu sein oder durchgefroren und naßgeregnet irgendwo anzukommen. Vielleicht könnte er mit dem Auto einen Kurierdienst aufziehen und so selbständig werden, ohne Chef und Befehle von oben.

Er stellte sein Moped hinter das Gebüsch auf dem Trümmergrundstück ab und ging über die Straße zum Zaun von Schreyners Gelände. Ohne Zittern und Angst sah er sich um. Niemand zu sehen. Als ob es die selbstverständlichste Sache der Welt wäre, stieg er über den Zaun und hockte sich in das Gebüsch. Im Bürotrakt brannte noch Licht. Aber von denen würde kaum jemand nach Feierabend durch das Lager gehen.

Peter sah auf die Uhr. Es war schon Betriebsschluß. Jeden Moment mußte die Gestalt von Pohl aus dem erleuchteten Lager kommen und über den dunklen Hof zum geparkten Gabelstapler latschen.

Jetzt spürte Peter erst die entsetzliche Kälte. Wenn er hier noch lange hocken müßte, dann wäre er im entscheidenden Moment eingefroren.

Er erstarrte vor Schreck, als sich hinter ihm Schritte näherten. Auf dem Gehweg jenseits des Zaunes ging ein Fußgänger vorbei. Peters Pulsschlag mäßigte sich erst wieder von Vollgas auf halbe Kraft, als die Schritte allmählich im Dunkel verhallten. Er fror auf einmal überhaupt nicht mehr.

Und da kam die vertraute Silhouette von Pohl. Fast hätte Peter den Moment verpaßt. Er sah sich links und rechts um. Auf dem Hof war niemand. Er stand auf, trat aus dem Gebüsch und ging schnell mit einem komischen Gummigefühl in den Beinen zu dem erleuchteten, offenstehenden Lagertor, während Pohl im Dunklen den Zündschlüssel in das Schloß des Gabelstaplers fummelte.

Im Lager fühlte Peter ein seltsames Gemisch aus Vertrautheit und Angst. War es wirklich erst vier Wochen her, daß er hier gearbeitet hatte?

Der draußen anspringende Motor des Staplers riß ihn aus seinen Erinnerungen. Schnell lief er zu einem großen Pappkarton und versteckte sich dahinter. Der Stapler mit dem Lagerverwalter kam in die Halle getuckert. Das Motorgeräusch erstarb, man hörte Schritte, dann das Rasseln des zugehenden Rolltores. Wieder waren die Schritte von Pohl zu hören, dann verlöschten plötzlich die Neonröhren und eine Stahltür knallte zu. Peter war alleine im Lager.

Nach einigen Minuten, als sich seine Augen an die Dunkelheit gewöhnt hatten, traute er sich aus seinem Versteck. Zum Glück fiel etwas Licht von der Straßenbeleuchtung durch die Fenster. So brauchte er seine Taschenlampe noch nicht.

Er schlich zum Rolltor und sah durch die Plexiglasscheibe.

In Gollnaus Büro brannte immer noch Licht. Gewiß, für sein fettes Gehalt sollte der Kerl ruhig Überstunden schieben, aber mußte das ausgerechnet heute sein? Peter konnte nichts anderes tun, als abzuwarten. Eine halbe Stunde ist ganz schön lange, wenn man auf irgendetwas wartet.

Endlich verlöschte das Licht im Bürotrakt, und bald darauf erschienen draußen im Dunklen Gollnau, Wolter und der verhaßte Mecke und gingen zu ihren Autos. Peter hörte gedämpft, wie sie sich verabschiedeten. Dann stiegen sie ein und fuhren los. Gollnau hielt auf der Straße nochmal kurz an, um das Tor im Zaun zu verschließen und brauste dann ebenfalls davon.

Jetzt hatte Peter das Ganze.

Er fühlte sich sehr mächtig. Hier lagerten ja auch Farben und Verdünnungsmittel, und in seiner Tasche steckte ein Feuerzeug. Wenn er gewollt hätte, dann hätte er in diesem Moment den ganzen Saftladen in Brand stecken können. Aber er war ja aus anderen Gründen hier.

Vorsichtig schlich er zur Treppe, die in den Keller des Lagers führte. Dort stand jemand.

Wie ein elektrischer Schlag fuhr ihm der Schreck durch den Körper. Mit aller Kraft trat er dem Unbekannten in den Bauch.

Der Schmerz ließ ihn fast ohnmächtig werden. Sein Fuß hatte mit voller Wucht die Betonwand getroffen. Was er für einen Menschen gehalten hatte, war Pohls Regenmantel und der alte Hut, den er trug, wenn er bei schlechtem Wetter draußen arbeiten mußte. Weil der Mantel auf einem Kleiderbügel und darüber der Hut an einem Garderobenhaken hing, sah das Ganze im Dunklen wie eine Gestalt aus.

Peter hockte eine ganze Weile fluchend auf dem Boden und rieb sich den schmerzenden Fuß, bevor er endlich in den Keller zu Neumanns Werkzeug humpeln konnte. Hier unten brauchte er jetzt die Taschenlampe, weil es wirklich zappenduster war. Es stellte sich als ausgesprochen lästig heraus, mit der einen Hand die Lampe zu halten und mit der anderen die Zange aus der Tasche zu fummeln. Peter klemmte sich die Lampe zwischen die Zähne. Das Metallgehäuse schmeckte ekelig.

Im letzten Moment dachte er noch daran, sich die Handschuhe anzuziehen. Hatte er schon irgendwo Fingerabdrücke hinterlassen? Er ließ die vergangene Stunde Revue passieren und kam erleichtert zu dem Schluß, daß er wohl doch keine glatten Flächen berührt hatte.

Der Maschendraht erwies sich als sehr widerspenstig. Im Krimi wurden solche Zäune immer ruck-zuck durchgetrennt. Logisch, die Sendezeit ist kostbar, was man von Peters Kneifzange nicht behaupten konnte. Nachdem der Draht endlich aufgeschnitten war, mußte Peter erstmal pausieren und sich die schmerzenden Hände reiben.

Dann drückte er den stehengebliebenen Maschendraht auseinander und kroch in den Werkzeugraum. Sein Lichtstrahl fiel auf das Schweißgerät. Deutlich sah er auf der blau lackierten Gasflasche die Kreideschrift LEER.

Sein Unterkiefer klappte herunter, die Taschenlampe fiel zu Boden und verlöschte.

Das konnte doch nicht angehen! War etwa alles Bisherige umsonst gewesen, nur weil dieser dämliche Sabbelheini Neumann nicht rechtzeitig volle Gasflaschen bestellt hatte?

Im Dunkeln tastete Peter auf dem Boden nach seiner Taschenlampe. Endlich erwischte er sie und probierte den Schalter. Glück gehabt, sie funktionierte noch! Vor Aufregung schwitzend klemmte er sie sich wieder zwischen die Zähne. Dann drehte er die Schutzkappe von der blauen Gasflasche ab.

„Krietsch... krietsch... krietsch...!" sagte das rostige Gewinde bei jeder Drehung in sagenhafter Lautstärke.

Peter faßte entschlossen das Ventilhandrad und drehte es mit einem Ruck auf. Das gewaltige Zischgeräusch, als der Sauerstoff aus der Flasche schoß, schmerzte in seinen Ohren. Erschrocken schloß er das Ventil wieder.

Die Flasche war voll, und der Hampelmann, der sie gefüllt hatte, war zu faul gewesen, die Kreideaufschrift wegzuwischen.

Aber wirklich beruhigt fühlte Peter sich erst, als er den gleichen Test auch mit der gelben Azetylenflasche durchgeführt hatte.

Er schleppte erst die eine Gasflasche aus dem Verschlag, stellte sie ab und holte dann die andere heraus. Dann mußte er nochmal hineinkriechen, um den rot-blauen Doppelschlauch zu holen, an dessen Enden der Brenner und die Armaturen baumelten.

Halt! Fast hätte er die dunkle Brille vergessen, die man beim Schweißen aufsetzen mußte.

Peter schleppte eine der Stahlflaschen die Treppe hoch. Donnerwetter, das Mistvieh wog ja allerhand! Er schnappte sich einen der Handwagen und legte die Flasche darauf ab. Noch zweimal mußte er die Treppe hinunter zum Verschlag und wieder nach oben, bis alle Geräte auf dem Handwagen lagen.

Er schob den Wagen durch die ganze dunkle Lagerhalle bis zur Stahltür, die in das Treppenhaus des Verkaufstraktes führte. Nun mußte er wieder dreimal die Treppe zum ersten Stock hinauf und dann auch noch den Flur entlang bis zu Meckes Büro keuchen, bevor er dort endlich an die Arbeit gehen konnte.

Bis jetzt hatte alles länger gedauert, als geplant. Zwei Stunden hielt er sich schon im Gebäude auf. Und jetzt mußte er auch noch. Es kam ihm in den Sinn, Meckes Bürostuhl vollzupinkeln. Aber er wollte ja keine Spuren hinterlassen, also ging er zum Klo. Verbittert starrte er dort die gekachelten Wände an. Hier hatte Mecke ihn erwischt.

„Na, warte!" knurrte Peter grimmig. „Jetzt kommt die Rache des kleinen Mannes!"

Wieder in Meckes Büro, kurbelte er zuerst die Sonnenschutzjalousien herunter und schaltete dann das Licht an. Er mußte einige Sekunden blinzeln. Nach der ganzen Zeit im dunklen Gebäude mußten sich seine Augen erst wieder an das Licht gewöhnen.

Dann schraubte er die Armaturen und Schläuche an die Ventile der Gasflaschen. Bestürzt mußte er feststellen, daß er einen passenden Schraubenschlüssel für die große Überwurfmutter vergessen hatte. Er versuchte, die Verschraubung mit der Hand festzuziehen, aber als er probeweise das Flaschenventil öffnete, verriet ihm ein leises Zischen, daß die Verbindung nicht dicht war. So würde er zuviel Gas verlieren.

Es blieb ihm nichts anderes übrig, als nochmal die Treppe hinunter, durch das ganze Lager und wieder die Treppe hinunter zu Neumanns Werkzeugecke zu laufen. Fluchend sah er sich im Schein der Taschenlampe um, aber er sah keinen passenden Schraubenschlüssel.

Dann mußte es eben mit einer Rohrzange gehen. Er nahm eine mit und kehrte wieder in Meckes Büro zurück.

Jetzt klappte der Aufbau. Peter hängte das Ölgemälde (Industriebetrieb, Ende 19. Jahrhundert) ab und stellte es sicher in eine Zimmerecke.

Er öffnete die Ventile der Gasflaschen und des Brenners und stellte an den Regulierschrauben den Arbeitsdruck von Azetylen und Sauerstoff ein. Dann kramte er sein Feuerzeug aus der Tasche und betätigte es vor der Brennerdüse.

Mit einem gewaltigen Knall zündete der Brenner, um gleich darauf wieder zu verlöschen. Peter dachte, die Zimmerdecke müßte durch die Explosion einstürzen.

Mit fliegenden Händen drehte er die Gasventile zu, warf den Brenner auf den Boden, rannte zur Tür, um das Licht zu löschen und öffnete sie vorsichtig einen Spalt breit, um ins Treppenhaus zu lauschen. Nach zehn Sekunden rannte er zum Fenster, kurbelte die Jalousie ein Stück hoch und spähte in die dunkle Nacht. Nach weiteren zehn Sekunden hastete er wieder, immer noch schlotternd, zur Tür und lauschte dort wieder. Den Knall mußte man doch noch im nächsten Stadtteil gehört haben! Er rannte wieder zum Fenster und starrte dort hinaus. Wenn jetzt ein Polizeiwagen käme, würde er Hals über Kopf aus dem Fenster springen (zum Glück lag Meckes Büro im ersten Stock) und mit seinem Moped verduften.

Nach zwei Minuten Rennerei zwischen Tür und Fenster wurde er etwas ruhiger und dehnte seine Lausch- und Spähintervalle auf jeweils eine halbe Minute aus.

Als er wieder aus dem Fenster schaute, sah er hinten an der Kreuzung ein flackerndes Blaulicht. Vor Schreck ließ er laut einen fahren.

In einer Kurzschlußhandlung wollte er das Fenster aufreißen und hinausspringen. Aber die Jalousie war nicht weit genug hochgezogen. Hastig drehte er an der Kurbel (natürlich zuerst falsch herum) und starrte dabei panisch auf das blaue Licht in der Ferne.

Dann erkannte er, daß mehrere Blaulichter auf dem Dach des Wagens montiert waren, und er hielt für einen Moment inne. Als der Wagen unter einer Straßenlaterne hindurchfuhr, sah er für einen kurzen Augenblick die signalrote Lackierung.

Es handelte sich um einen Krankenwagen von der Feuerwehr, der jetzt oben an der Kreuzung abgebogen und irgendwohin verschwunden war.

Peter wurde übel und in kurzen Abständen heiß und kalt. Seine Knie gaben einfach nach, und er rutschte langsam an der Wand neben dem Fenster, wo er sich angelehnt hatte, herunter, bis er auf dem Veloursteppich saß.

Das durfte doch nicht wahr sein! Nun hatte er so viele Krimis angesehen und gelesen und gedacht, er wäre genau so abgebrüht und auf alles vorbereitet, wie die Gangster in den Geschichten. Offenbar gab es noch Unterschiede zwischen Theorie und Praxis.

Er überlegte, ob er den Plan aufgeben sollte. Wenn er jetzt

das Werkzeug wieder in Neumanns Bastelecke brachte und sich verkrümelte, dann hätte er ja eigentlich nichts verbrochen und könnte wieder ruhig schlafen. Naja, ein bißchen Sachbeschädigung war das schon. Aber nichts im Vergleich zu einem aufgeknackten Tresor.

Dann dachte er an das bevorstehende Weihnachtsfest. Und an die bald fällige Miete. Und an seinen leeren Kühlschrank. Und an den Haufen Zaster, der nur durch eine alberne Blechwand von ihm getrennt lag.

Sein Kampfgeist kehrte mit Mäuseschritten zurück. Nach einigen Minuten erhob er sich und machte sich wieder an die Arbeit. Im Geiste beschimpfte er sich selber als Schißhase und Hosenscheißer. Entschlossen kurbelte er die Jalousie herunter, schloß die Zimmertür und schaltete das Licht an.

Diesmal drehte er die Ventile des Brenners nur ganz wenig auf. Mit einem kleinen Knacks zündete die Flamme und brannte mit beruhigendem Rauschen vor sich hin.

Er setzte die dunkle Brille auf und hielt die Flamme gegen die Tresortür. Zuerst verbrannte die Farbe und ließ eine öligschwarze Qualmwolke an der Wand hochsteigen, die die Tapete verschmierte.

Es dauerte eine ganze Weile, bis sich der Stahl an der erwärmten Stelle dunkelrot färbte und zu glühen begann. Als das Metall erst weich und dann flüssig wurde, spritzte etwas von der Schmelze in die Brennerdüse, worauf Peter die Funken mit knatterndem Geräusch um die Ohren flogen.

Er wußte nicht, daß er einen großen Fehler machte.

Als er damals in der Selbermacher-Werkstatt unter Anleitung des Meisters sein Auto repariert hatte, war es darum gegangen, die Bleche zusammenzuschweißen. Jetzt bei der Tresortür wollte er das Material trennen. Dafür hätte er einen Schneidbrenner benutzen müssen und nicht einen Schweißbrenner. Aber den Unterschied kannte er nicht.

Er ärgerte sich, weil der Apparat dauernd nieste und Funken spuckte. Die geschmolzene Stelle in der Tür kam nur im

Schneckentempo voran, und hinter der Flamme lief manchmal die Schmelze wieder zusammen, so daß Peter dort wieder neu ansetzen mußte.

Plötzlich sah er aus dem Augenwinkel etwas flackern. Er blickte nach unten und sah mit Entsetzen, daß durch die heruntergefallenen glühenden Tropfen der Teppich und die Tapete in Brand geraten waren! Fluchend stellte er den Brenner ab, warf ihn auf den Boden und patschte mit den Händen (zum Glück hatte er Lederhandschuhe angezogen) auf die Flammen, um den entstehenden Brand zu löschen.

Sein schöner Plan, keine Spuren zu hinterlassen, war angesichts der versengten Tapeten und des angekokelten Teppichs natürlich vollkommen unmöglich geworden.

Auf diese Weise dauerte es ungeahnt lange, bis rund um das Schlüsselloch eine Fuge geschmolzen war. Die Schweißgase verursachten in dem Büro einen ekelerregenden Gestank, aber Peter konnte wegen der Alarmanlage kein Fenster zum Lüften öffnen.

Mit Schraubenzieher und Rohrzange bog er das ausgebrannte Stück der Tür hin und her, bis die letzte Verbindung brach und ließ es fallen. Im Inneren der Tür sah er das Schloßgehäuse und zwei widerlich stabil aussehende silber glänzende Verriegelungsstangen.

Ernüchtert mußte er sich eingestehen, daß er nur bis hierher und nicht weiter gedacht hatte. Er war der Überzeugung gewesen, wenn er erstmal so weit wäre, wie jetzt, dann würde sich der Rest schon irgendwie ergeben. Anstatt sich mit zweitklassigen Krimis ‚abzuhärten', hätte er lieber in einem Tresorgeschäft Prospekte besorgen und sich mit der Konstruktion der Schlösser beschäftigen sollen!

Es ließ sich wohl nicht vermeiden, die dicken Stahlriegel auch noch durchzuschmelzen. Ein Blick auf die Manometer sagte ihm, daß das Gas langsam zur Neige ging. Die Flaschen waren ja auch ziemlich klein.

Seufzend ging Peter wieder an die Arbeit.

Ein hohles Fauchen ließ ihn erschrocken ins Innere der Tresortür blicken. Er hatte gedacht, daß die innere Wand der Tür aus dem gleichen dicken Stahl sei, wie die Äußere. Jetzt mußte er zu seinem Entsetzen feststellen, daß die Innenseite der Tür nur mit einem dünnen Blech verkleidet war, um den Schließmechanismus zu verdecken. Und in dieses dünne Blech hatte er jetzt ein Loch gebrannt, an dessen Rand die Flamme das Fauchen verursacht hatte.

Das wäre ja der Gipfel der Unfähigkeit, wenn er zu allem Unglück auch noch das Geld verbrennen würde! Er drehte hastig den Brenner ab, riß sich die schwarze Brille von der Nase und sah sich im Büro nach einem Feuerlöscher um. Da, auf der Fensterbank neben den Blumentöpfen stand eine Gießkanne! Peter griff sie sich. Sie war halb voll. Vorsichtig ließ er das Wasser in das Loch der Türverkleidung rieseln. Weiße Dampfwölkchen stiegen zischend auf, als die glühenden Teile abgeschreckt wurden.

,Beim nächsten Mal mußt du tatsächlich noch Asbestplatten mitbringen' dachte Peter.

WAS war das??? WAS dachte er gerade??? Ein *nächstes* Mal?! Um Gottes Willen! Er hatte jetzt schon die Hose gestrichen voll, weil so viel schiefgegangen war.

„Den Rest schaffe ich auch noch!" knurrte er. Vom Fußboden hob er das aus der Tresortür ausgebrannte Stück Stahl auf und steckte es so zwischen die dünne Blechwand und die Riegel, daß es einen gewissen Hitzeschutz darstellte. Dann zündete er den Brenner wieder an, setzte die schwarze Brille auf und erhitzte weiter die Riegel.

Nach endlos langer Zeit fiel endlich der letzte Tropfen Schmelze in das Innere der Tür. Peter stellte den Brenner ab, nahm die Schweißbrille von der Nase und besah sich sein Werk. Die beiden Riegel waren durchtrennt.

Er nahm die Rohrzange, und die zwei Reste der Riegel ließen sich überraschend leicht herausziehen. Und genau so leicht ließ sich die Tresortür aufschwenken.

Zuerst erblickte Peter einige Klarsichthüllen mit irgendwelchen Akten und ein Kassenbuch. Das Geld hätte er fast übersehen, so wenig war es. Fassungslos nahm er das am Ende noch schwelende Geldbündel heraus, rieb die Glut aus und zählte es mit fliegenden Fingern. Er kam auf 3.800 Mark und nicht auf 100.000. Und davon waren 900 Mark so angekokelt, daß man höchstwahrscheinlich Verdacht erregen würde, wenn man damit bezahlte. Wie betäubt saß Peter auf dem Fußboden vor den Geldscheinen.

„Das darf doch nicht wahr sein!" stammelte er. „Da breche ich unter Einsatz von sonstwas diesen Scheißkasten auf, und dann hat diese Arschgeige da nur ein Taschengeld 'reingetan!"

Er besaß überhaupt kein Unrechtsbewußtsein mehr, sondern fühlte sich als das betrogene Opfer. Er konnte nicht einmal die angebrannten Hundertmarkscheine durchschneiden und mit Klebeband aus zwei Scheinen einen basteln, weil sie alle gleich herum gelegen hatten und deshalb bei allen das gleiche Viertel weggebrannt war.

Auf einmal wurde er sehr unruhig. Nichts wie weg hier! Das verqualmte und ruinierte Büro erschien ihm jetzt abweisend und feindselig. Er packte hastig alles ein, was er mitgebracht hatte und stopfte sich die unversehrten 2.900 Mark in die Hosentasche. Neumanns Werkzeuge konnte er jetzt liegenlassen, weil die Spuren sowieso unübersehbar waren.

Er löschte das Licht und ging eilig zur Treppe, dann durch das ganze Lager bis zum Rolltor. Hätte er gewußt, daß so wenig Geld im Tresor lag, dann hätte er die ganze Sache nie durchgeführt. Jetzt konnte er es nicht mehr ungeschehen machen.

Die Plexiglasscheiben im Rolltor saßen unglaublich fest. Peter drückte und trat dagegen, hielt aber erschrocken inne, als er daran dachte, daß einem Fußgänger draußen das wakkelnde und quietschende Tor auffallen könnte.

Irgendwo mußte doch ein Messer liegen, mit dem die Lagerarbeiter zugeklebte Kartons aufschnitten. Er fand es auf einem Packtisch und ging daran, die Gummidichtung einer Plexiglasscheibe aufzuschneiden. Dann konnte er endlich die Scheibe herausnehmen. Durch das Loch sah er den von den Straßenlaternen schwach erleuchteten Hof. Kein Fußgänger und kein Auto war zu sehen oder zu hören. Er zwängte sich mühsam durch die Öffnung. Draußen sah er sich wieder um und lauschte. Dann rannte er zu dem Gebüsch, in dem er vor fünf Stunden schon mal gehockt hatte. Wieder konnte er niemanden hören und sehen. Er kletterte über den Zaun und ging über die Straße zum Trümmergrundstück.

‚Fehlt bloß noch, daß jetzt das Moped geklaut ist', dachte er ängstlich.

Es stand so da, wie er es abgestellt hatte. Peter trat den Motor an und fuhr davon. Erst, als er sich der großen Kreuzung näherte, schaltete er das Licht ein.

Kurz vor 23.00 Uhr kam er mit seiner Beute zu Haus an. Er hatte den Motor schon vor Erreichen des Hauses abgestellt und das Moped den Rest des Weges geschoben, damit nicht ein neugieriger Hausbewohner ihn so spät heimkommen hörte und der Polizei gegenüber eine entsprechende Aussage machen konnte. Peter zweifelte nicht daran, daß die Polizei bei ihm auftauchen würde, um ihn zu verhören. Fristlos gefeuerte Mitarbeiter würden mit Sicherheit überprüft.

Während er die Treppen zu seiner Wohnung hochschlich, überlegte er, ob es besser gewesen wäre, sich ein Alibi zu verschaffen. Aber wie? Er kannte keine Leute, zu denen er sagen konnte: „Wenn die Polente fragt: Ich war heute Abend bei dir! Ich hab' da nämlich ein Ding gedreht."

Sabine wollte er schon gar nicht in die Sache hineinziehen. Wenn sie davon wüßte, würde sie ihn wahrscheinlich nicht mal mehr mit dem Arsch ansehen. Mit dem Einbruch hatte er sich nicht nur gegenüber dem Gesetz strafbar gemacht, sondern auch seine bestehenden zwischenmenschlichen Beziehungen gefährdet.

Er hätte sich vorher einen Film im Kino ansehen können, um den Inhalt zu kennen. Dann hätte er heute abend eine neue Eintrittskarte gekauft, die er als Alibi vorweisen konnte. Aber das wäre auch sehr dünn gewesen. Vielleicht war gerade heute bei der Filmvorführung etwas Besonderes passiert, sei es, daß der Film gerissen war oder daß jemand im Kino gekotzt hatte. Und wenn man ihn danach befragen würde, dann wüßte er natürlich nichts davon.

Inzwischen hatte er leise seine Wohnungstür aufgeschlossen, schlich vorsichtig hinein, machte sachte die Tür zu und schaltete dann erst das Flurlicht ein.

Als er seine gefütterte Jeansjacke am Garderobenhaken aufhängen wollte, wurde ihm vor Schreck heiß und flau. Die Jacke war, offenbar durch die beim Schweißen herumspritzenden Funken, mit kleinen Brandflecken übersät! Einen besseren Beweis konnte es ja wohl nicht geben! Und das Gebüsch! fiel ihm siedendheiß ein. Die Blumenerde war zwar hartgefroren, aber vielleicht hatte er dort doch Fußabdrücke hinterlassen, anhand derer man nachweisen konnte, daß sie von seinen Schuhen stammten!

Hastig rechnete er nach, wann die Polizei bei ihm klingeln könnte. Mecke würde morgens den Einbruch bemerken. Dann käme die Polizei und würde nach Leuten fragen, die für die Tat in Frage kämen. Also müßte er schon am Vormittag mit unangenehmem Besuch rechnen.

Es blieb ihm nichts Anderes übrig, als noch einmal in die eiskalte Nacht hinauszugehen und die verräterischen Kleidungsstücke verschwinden zu lassen. Zur Sicherheit besser auch noch die Hose. Wieder 250 Mark Verlust, die er von der Beute abrechnen mußte!

Er zog sich eine andere Hose, Jacke und Schuhe an und packte die Sachen, die er beim Einbruch getragen hatte, in eine große Plastiktüte. Dann löschte er das Licht und schlich leise aus der Wohnung und die Treppen hinunter. Die blöde

Plastiktüte raschelte entsetzlich laut bei jedem Schritt. Hinter jedem Türspion befürchtete er ein neugieriges Auge.

Wieder schob er sein Moped ein Stück, bevor den Motor antrat. Er fuhr eine Viertelstunde lang geradeaus, bevor er anfing, sich nach einem Altkleidercontainer umzusehen. Nach weiteren fünf Minuten sah er am Straßenrand eine ganze Reihe von Sammelbehältern für alte Kleider, Altpapier und leere Flaschen. Er stopfte die Plastiktüte in den Kleidercontainer und fuhr dann wesentlich beruhigter nach Hause. Er hatte zwar kein Alibi, aber jetzt gab es auch keine Beweisstücke mehr. Wenn er sich nicht verplapperte, konnte man ihm den Einbruch nicht mehr nachweisen.

11. Polizeiliche Untersuchungen

Am nächsten Tag betrat Mecke wie immer sein Büro.

Sein Aktenkoffer und sein Unterkiefer fielen synchron herunter. Er spürte einen kalten Schauer vom Toupet bis zu den Schuhsohlen rieseln. Dann ging er rückwärts aus dem Zimmer, schloß die Tür und rannte in das nächste Büro, um die Polizei anzurufen.

Nach zehn Minuten erschien ein Streifenwagen. Die beiden uniformierten Beamten warfen einen kurzen Blick in das Büro, stellten fest, daß dort tatsächlich eingebrochen worden war und informierten mit ihrem Funkgerät die Kriminalpolizei.

Zwanzig Minuten später traten zwei Herren in Gollnaus Büro, die sich als Kommissar Nagel (ein kleiner Dicker) und Inspektor Hellwig (ein großer Schlanker) vorstellten.

Während in Meckes Büro und in Neumanns Werkzeugverschlag ein Fotograf und die Leute von der Spurensicherung an die Arbeit gingen, erkundigte sich Kommissar Nagel bei Herrn Gollnau nach allen Mitarbeitern, die vorher von dem Tresor gewußt hatten (jetzt wußte jeder im Betrieb davon) und nach den Mitarbeitern, die in den letzten drei Jahren ausgeschieden waren.

Von dem Tresor hatten nur wenige Leute Kenntnis gehabt: Zuerst einmal Gollnau, Mecke und Wolter, dann die Lohnbuchhalterin und die Hauptkassiererin. Und natürlich Herr und Frau Schreyner.

In den letzten drei Jahren hatten nur drei Mitarbeiter die Firma Schreyner verlassen: Herr Winterhoff und Frau Bliesemeister, eine Buchhalterin, waren normal Rentner geworden. Beide wußten ebenfalls von dem Tresor.

„Und vor etwa vier Wochen wurde ein gewisser Peter Heitrich fristlos gekündigt, weil er heimlich Geschäftspost durchsucht hat", erklärte Herr Gollnau dem Kommissar. „Aber für diesen Einbruch kommt er eigentlich nicht in Frage."

„Und warum nicht?"

„Erstens ist der für so ein Unternehmen gar nicht schlau genug, und zweitens wußte er nicht, daß sich in dem Büro ein Tresor befand, weil er im Lager gearbeitet hat."

Das war der erste große Glücksfall für Peter, daß nämlich Herr Gollnau nicht wußte, daß Peter Herrn Mecke und Herrn Wolter beim Geldzählen vor der offenen Tresortür gesehen hatte. Die beiden hatten den Vorfall damals auch bald vergessen.

Während Kommissar Nagel mit Herrn Gollnau beschäftigt war, befragte Inspektor Hellwig die Kassiererin, die Buchhalterin, Herrn Mecke und Herrn Wolter, wo sie sich gestern Abend, so zwischen 18 Uhr und Mitternacht, aufgehalten hatten.

Besonders Mecke war pikiert. Noch pikierter wären die Damen und Herren gewesen, wenn sie gewußt hätten, daß über sie alle am Nachmittag Informationen über eventuelle Vorstrafen und ihre finanzielle Situation eingeholt wurden.

Herr und Frau Schreyner weilten zur Zeit in Österreich im Winterurlaub, wo sie von Herrn Gollnau einen unangenehmen Anruf erhielten. Herr Schreyner begab sich sofort zum nächsten Flughafen und saß jetzt im Flugzeug nach Hamburg.

Peter verbrachte eine unruhige Nacht. In seinem Alptraum sah er immer noch die Schweißflamme vor Augen, die sich durch die Stahlplatte fraß. Als das letzte Stück der Tür durchtrennt war, tat sich der Boden unter ihm auf, und er stürzte schreiend in die Tiefe. Nach dem Aufschlag fand er sich schweißgebadet und zitternd auf seiner Matratze wieder.

Er schlich an das Fenster und spähte auf die nächtliche Straße, ob dort ein auffällig unauffälliger Wagen parkte, in dem ein Mann mit Ledermantel und Schlapphut saß, der seine

Wohnung beobachtete. Aber alle draußen abgestellten Autos hatten durch den Frost weiß vereiste Fensterscheiben und waren offenbar leer. Nur halbwegs beruhigt legte Peter sich wieder hin.

Morgens um halb acht hielt ihn die Unruhe nicht mehr im Bett. Wieder studierte er, hinter der Gardine verborgen, die Straße, die immer noch im Dunkel lag, aber jetzt deutlich belebter war. Er sah nur Leute, die ihre vereisten Autos freikratzten oder, in dicke Winterkleidung eingemümmelt, zur Arbeit gingen.

Peter zog sich an und machte sich sein Frühstück. Nicht wegen des Hungers, sondern weil er sonst jeden Morgen sein Frühstück machte und im Unterbewußtsein so schnell wie möglich wieder seinen üblichen Tagesrhythmus aufnehmen wollte.

Er schaltete den Fernseher ein, aber das Gesehene und Gesprochene ging praktisch durch seinen Kopf hindurch, ohne registriert zu werden. Er schaltete den Fernseher wieder aus und legte sich zurecht, was er den Polizeibeamten sagen wollte. Alles, was bewiesen werden konnte, mußte er wahrheitsgetreu schildern: Daß er wegen Postschnüffelei fristlos gefeuert worden war, daß er immer noch stempeln ging und daß er Geld gut gebrauchen konnte. Zu dumm, daß er nicht wußte, ob Mecke der Polizei berichtet hatte, daß Peter Heitrich von dem Tresor wußte. Vielleicht würde man ihm diesbezüglich eine Fangfrage stellen: „Wußten Sie, daß Herr Mecke einen Tresor im Büro hat?" Wenn er dann verneinte, würde der Beamte ihn schneidend anschreien: „Warum sagt Herr Mecke dann, daß Sie ihn beim Geldzählen vor der offenen Tresortür überrascht haben?!"

Zu seiner Schulzeit kannte Peter ein Rezept für bohrende Fragen der Lehrer: Ahnungslos tun und jede Frage mit einer Gegenfrage beantworten. Er befürchtete nur, daß ein Polizist das Verhören anders beherrschte, als ein Schullehrer.

Er sprang aus dem Sessel und ging wieder an das Fenster.

Warum kamen die nicht? Diese Warterei und die Ungewißheit empfand er so schlimm, daß er den Besuch der Polizei herbeisehnte, damit er endlich wußte, wie die Geschichte für ihn weiterging. Dabei war es erst halb neun Uhr morgens. Die Spurensicherung hatte jetzt gerade mit ihrer Arbeit begonnen.

Peter überlegte, ob es an der Zeit sei, von seiner Wohnung und seinem Hab und Gut Abschied zu nehmen. Vielleicht sollte er schon mal einen kleinen Handkoffer für das Untersuchungsgefängnis zusammenpacken?

Vor Schreck zuckte er kräftig zusammen. Bis jetzt hatte er nur damit gerechnet, daß ihm unangenehme Fragen gestellt würden. Was wäre aber, wenn die Polizei gleich mit einem Hausdurchsuchungsbefehl angerückt käme? Die erbeuteten 2.900 Mark steckten noch in seiner Brieftasche!

Eilig riß er die Geldscheine heraus und wickelte sie in eine Frühstücksbrottüte aus Pergamentpapier. Damit rannte er in den Keller. An einer Wand war eine große Holzplatte mit darauf montierten Elektrizitätszählern angebracht. Er stopfte die Geldtüte so hinter das Brett, daß man sie nur noch mit einem Draht herausangeln konnte. Dann ging er wesentlich beruhigter in seine Wohnung zurück. Eigentlich brauchte er ja wohl keine Angst vor der Polizei zu haben, so raffiniert und abgebrüht, wie er war. Ein Mann mit seinen Fähigkeiten dachte eben an alles!

Jetzt, wo es wirklich keine Beweise mehr gab, freute er sich fast darauf, die Polizisten an der Nase herumzuführen.

Als es am frühen Nachmittag an der Tür klingelte, brach Peters mühsam aufgebaute Zuversicht schlagartig zusammen. Seine Beine fühlten sich plötzlich sehr puddingartig an, und sein Mund wurde innerhalb einer Sekunde knochentrocken. Er stürzte in die Küche zur Spüle und nahm schnell einen Schluck aus dem Wasserhahn. Dann zog er seine gefühllosen Beine hinter sich her zur Tür und öffnete sie mit eiskalter, zitternder Hand.

Zu seiner Überraschung stand nur ein junger Mann da, der aber irgendwie ehrgeizig und dynamisch wirkte. Der zog einen grünen Ausweis aus der Tasche und hielt ihn Peter kurz vor die Nase.

„Guten Tag, Lohmann, Kripo Hamburg!" sagte er laut. „Ich hätte Ihnen gerne ein paar Fragen gestellt."

„Wieso das denn?" fragte Peter einfältig, sich an seine Schulzeit erinnernd.

„Müssen wir das im Treppenhaus besprechen? Danke sehr!" sagte Herr Lohmann und trat ein, ohne daß Peter „Bitte sehr" gesagt und ihn hereingebeten hätte. Im Grunde war Peter das ganz recht, denn bei Lohmanns Lautstärke hätten die Nachbarn sonst alles mitbekommen.

Herr Lohmann setzte sich unaufgefordert auf das Sofa und zog Notizbuch und Kugelschreiber heraus.

„Können Sie sich denken, warum ich hier bin?" fragte er hinterhältig.

„Nee, warum denn? Hab' ich mein Moped falsch geparkt?" Peter grinste albern, wurde aber sofort wieder ernst, als er Lohmanns eiskalten, forschenden Blick bemerkte. Bloß nicht zuviel reden! Das würde nur die Gefahr erhöhen, sich zu verplappern.

„Wo waren Sie gestern abend zwischen 18.00 und 24.00 Uhr?" fragte Herr Lohmann.

„Hier, zu Haus", antwortete Peter. Dafür gab es zwar keine Zeugen, aber der Affe sollte ihm erstmal das Gegenteil beweisen.

„Wer kann das bestätigen?" forschte Lohmann weiter.

„Äh... niemand. Ich war ja allein zu Haus."

„Was haben Sie denn den ganzen Abend so gemacht?"

„Naja, gelesen, dann etwas gegessen, dann einen Video gesehen..."

„Wovon leben Sie zur Zeit?"

Der Schreck traf Peter unvorbereitet. Was sollte er jetzt schnell sagen? Wußte Lohmann, daß man ihm das Arbeitslosengeld gesperrt hatte und daß er über kein Einkommen verfügte?

„Äh... ich gehe zur Zeit stempeln."

„Wie kommt das denn?"

„Bei meinem letzten Arbeitgeber bin ich entlassen worden."

„Warum?"

„Naja, ich wollte mal wissen, was die mit uns vorhaben, ob der Betrieb hier dichtgemacht wird und so, und da hab' ich dem Chef seine Post durchsucht, ob da vielleicht 'was drinsteht, und dabei haben sie mich erwischt."

„Und jetzt haben Sie einen tiefsitzenden Haß auf ihren ehemaligen Arbeitgeber?"

„Och, eigentlich nicht. Naja, zuerst schon, aber bei dem Wetter ist es ja auch ganz schön, wenn man morgens im Bett bleiben kann. Und so toll fand ich den Job da auch nicht. Ich wollte mir sowieso 'was Anderes suchen." Peter gab sich Mühe, den Eindruck zu erwecken, als ob die ganze Sache für ihn längst abgehakt war.

„Das Arbeitslosengeld ist sicherlich sehr gering?" fragte Lohmann lauernd.

„Äh... die Dame beim Arbeitsamt hat mir ungefähr 1.200 Mark ausgerechnet. Und gelegentlich helfe ich einem Bekannten beim Tapezieren." Peter antwortete möglichst schwammig. Er wollte keine Aussagen machen, mit denen Lohmann ihn hätte festnageln können.

Offenbar gab der sich mit der Auskunft zufrieden. So ein bißchen Schwarzarbeit interessierte das Einbruchsdezernat nicht.

„Kennen Sie einen gewissen Herrn Mecke?" wechselte Lohmann wieder schlagartig das Thema.

„Ja, das war ein Abteilungsleiter bei meiner alten Arbeit. Aber was sollen eigentlich diese ganzen Fragen?" Peter fand, es war an der Zeit, die Rolle des unschuldig Verdächtigten zu unterstreichen. Aber Herr Lohmann reagierte überhaupt nicht auf Peters Zwischenfrage.

„Dem Herrn Mecke ist heute Nacht vielleicht ein Ding passiert..." sagte er mit gedankenverlorenem Blick.

„Wieso?" fragte Peter. „Hat man bei ihm eingebrochen?"

Im gleichen Moment hätte er sich selber verkloppen können. Mußte er denn jetzt durch sein dummes Gesabbel das Gesprächsthema auf Einbrüche bringen? Der Bulle mit seinen Fangfragen und den ständigen Themenwechseln schien doch raffinierter zu sein, als ihm lieb war. Peters Wangen brannten. Bestimmt hatte er ein rotes Gesicht. Lohmann schnellte nach vorne und fixierte Peter.

„Wie kommen Sie darauf?" fragte er wie aus der Pistole geschossen.

„Äh... ich weiß nicht... wenn Sie sagen, ihm ist etwas passiert... ich hab' nur geraten... oder hatte er einen Unfall?"

„Nein, nein, das interssiert mich jetzt schon", hakte Lohmann nach. „Ich finde es bezeichnend, wie schnell Sie auf einen Einbruch tippen. Wie kommen Sie dazu?"

„Ja, weil... also, ich dachte, der Herr Mecke verdient doch ein tolles Gehalt, und da hat er in seinem Haus doch bestimmt wertvolle Sachen, Münzen oder Teppiche. Sowas lockt doch Einbrecher an."

Peter beglückwünschte sich innerlich zu diesem schlagfertigen Gedankenblitz. Bis jetzt hatte Lohmann ja nicht gesagt, ob überhaupt eingebrochen worden war und wo. Da Peter sich nun mal verplappert hatte, war es doch raffiniert von ihm, so zu tun, als vermutete er den Einbruch in Meckes Privathaus.

Lohmann macht sich Notizen. Dann wechselte er wieder schlagartig das Thema.

„Beschreiben Sie mir doch mal Herrn Meckes Büro!"

Peter hatte inzwischen gelernt, daß bei Lohmanns Themenwechseln immer Gefahr drohte. Jetzt war der Trick sehr billig: Lohmann wollte herausfinden, ob Peter von dem Tresor wußte.

„Sie meinen, wie es da drinnen aussieht? Also, wenn man

reinkommt, sind links zwei Fenster, und geradeaus steht der Schreibtisch, dahinter hängt ein Bild an der Wand. Und rechts stehen Schränke für Ordner. Und der Fußboden ist mit Teppich ausgelegt."

„Hat Herr Mecke das Gemälde mal abgenommen?"

„Nee, das hing da immer." ‚Mich legst du nicht mehr 'rein, Arschgeige!' dachte Peter grimmig.

Lohmann wußte nicht recht weiter, aber das sagte er natürlich nicht. Bis auf Heitrichs Frage nach einem Einbruch hatte er ihn nicht annageln können. Der Überraschungseffekt war jetzt vorbei, und morgen würde die Sache in der Zeitung stehen. Dann durfte Heitrich, selbst wenn er der Täter war, offiziell davon wissen. Lohmann steckte sein Notizbuch ein.

„Und alles, was Sie mir gegenüber ausgesagt haben, würden Sie auch unterschreiben?" fragte er wieder mit diesem ätzenden lauernden Unterton.

„Selbstverständlich!" antwortete Peter. Ob nun mündlich oder schriftlich gelogen spielte doch nun wirklich keine Geige. Er nahm noch einmal einen Anlauf, um seine Rolle des ahnungslosen Unschuldigen zu unterstreichen.

„Können Sie mir jetzt vielleicht sagen, wozu Sie das alles wissen wollen?"

Lohmann stand auf und ging zur Wohnungstür.

„Lesen Sie morgen Zeitung! Guten Tag!" Und weg war er.

Peter lehnte sich erschöpft an die Tür. Er hörte Lohmanns Schritte, wie er die Treppen hinunterging.

Aber er ging nur ein Stockwerk hinunter! Bis zur Haustür waren es doch zwei Stockwerke! Peter öffnete leise seine Wohnungstür und lauschte ins Treppenhaus. Einen Stock tiefer hörte er, wie Lohmann bei jemandem klingelte. Nach einigen Sekunden wurde eine Tür geöffnet.

„Guten Tag, Lohmann, Kripo Hamburg", hörte Peter Lohmanns laute Stimme, „Ich hätte ein paar Fragen an Sie wegen einer eventuellen Zeugenaussage."

Peter wurde übel, als hätte er einen Tritt in den Bauch bekommen. Jetzt klingelte der Kerl bei allen Nachbarn, um sie zu fragen, ob sie letzte Nacht Herrn Heitrich weggehen oder kommen gesehen hatten. Bald würden alle Hausbewohner ihn wie einen Verbrecher anstarren. Da hätten sie sogar Recht, er war ja wirklich einer.

Er wankte ins Wohnzimmer und plumpste auf das Sofa. Dort zerbrach er sich den Kopf und versetzte sich noch einmal in die letzte Nacht, ob ihn wirklich niemand gesehen haben konnte. Beim Weggehen und Zurückkommen hatte er kein Licht in seinem Flur und im Treppenhaus gemacht und die Haustür bzw. die Wohnungstür ganz leise geöffnet und geschlossen. Sein Moped hatte er ein Stück geschoben und erst weiter vom Haus entfernt gestartet. Und er hatte mit einem Blick nach oben alle Fenster kontrolliert. Als er zum Einbruch weggefahren war, brannte noch in vielen Fenstern Licht, aber nirgendwo schaute jemand hinaus. Bei seiner Rückkehr waren nur noch wenige Wohnungen erleuchtet gewesen, ebenso bei seinem zweiten Aufbruch zum Altkleidercontainer und bei der Rückkehr davon. Aber wenn jemand aus einem dunklen Fenster gesehen hatte? Ob er das von der Straße aus hätte erkennen können?

So blieb ihm trotz aller aufgewendeten Vorsicht ein gewisser nagender Zweifel.

Am späten Nachmittag saßen Kommissar Nagel, Inspektor Hellwig und Kriminalmeister Lohmann, der es noch zu etwas bringen wollte, in ihrem Büro und besprachen die Liste der Verdächtigen.

„Zunächst wären da unsere unbekannten Panzerknacker, die ja schon zweimal zugeschlagen haben", resümierte Kommissar Nagel. „Was allerdings dagegen spricht, ist diesmal die unfachmännische und unsaubere Arbeitsweise."

„Vielleicht haben die einen neuen Lehrling?" bemerkte Lohmann. Die mitleidigen Blicke von Nagel und Hellwig ließen ihn schnell verstummen.

„Weiterhin haben wir Herrn und Frau Schreyner", zählte Nagel auf.

„Unwahrscheinlich!" antwortete Hellwig. „Der Kerl ist Millionär. Warum sollte er seinen eigenen Tresor mit 3.800 Mark knacken? Allein die Renovierung des Büros wird schon teurer. Und schließlich hielten sich die beiden nachweislich zur Tatzeit in Österreich auf."

„Richtig!" bestätigte Nagel und strich Herrn und Frau Schreyner von seiner Liste. „Dann hätten wir den Geschäftsführer Gollnau. Besitzt ein noch nicht abbezahltes Haus, also Schulden. Und sein Alibi stammt nur von Frau und Tochter."

„Aber seine Schulden sind nicht außergewöhnlich", sagte Hellwig nach einem Blick auf seine Notizen. „Eben im üblichen Rahmen eines Eigenheimbesitzers. Zudem bezieht er ein hohes Gehalt. Und er wußte, wieviel normalerweise im Tresor liegt. Wegen der paar Mäuse würde der sich nicht die Nacht um die Ohren hauen. Weiterhin hat er ja einen Schlüssel zum Tresor, es wäre für ihn einfacher gewesen, gefälschte Scheine von einem Farbkopierer in den Geldschrank zu schmuggeln und die echten zu mopsen."

„Hm, hm", machte Nagel, sah kurz an die Decke und strich Gollnau ebenfalls von der Liste. „Als nächstes haben wir die Abteilungsleiter Mecke und Wolter. Wie steht's mit denen?"

„Im Grunde das Gleiche, wie bei Gollnau: Keine außergewöhnlichen Schulden, gute Einkommen, also kein Motiv für einen Einbruch und Alibis von den Ehefrauen."

Nagel sah auf seine Liste, massierte nachdenklich sein Kinn, während er auf die abendliche erleuchtete Stadt hinaussah, studierte wieder seine Liste und strich dann Mecke und Wolter ebenfalls durch.

„Weiter! Was ist mit der Lohnbuchhalterin?"

„Alleinstehende Frau, geschieden, Sohn erwachsen und wohnt in Braunschweig. Kein Alibi, aber auch keine Schulden oder Ansatzpunkte für eine Erpressung feststellbar. Kein zweifelhafter Umgang. Und außerdem, die Tante ist 48!

Meinst du wirklich, daß die die Gasflaschen für einen Schweißapparat aus dem Keller schleppt und einen Tresor aufschweißt?"

Nagel grinste. „Hab' ich auch noch nicht erlebt. Also weg mit ihr!" Der Name der Buchhalterin wurde durchgestrichen.

„Wie steht's mit der Hauptkassiererin?"

„33 Jahre, ledig, Alibi durch Angestellte ihres Sportclubs, in dem sie gestern abend trainiert hat. Und sehr sparsam. Die hat ein Bankkonto, da hab' ich mit den Ohren gewackelt. Und alles nachweislich ehrlich gespart und geerbt. Und sie wußte, wieviel üblicherweise im Tresor liegt. Über die 3.800 Mark hätte die bloß gelacht."

Zufrieden mit den Ermittlungsergebnissen, die einige Beamte den ganzen Nachmittag auf Trab gehalten hatten, strich Nagel den Namen der Kassiererin ebenfalls durch.

„Kommen wir zu den Mitarbeitern, die den Laden in letzter Zeit verlassen haben! Was gibt's über Herrn Winterhoff zu berichten?"

„65 Jahre alt, ganz normal Rentner geworden. Kein Zank oder Streit. Hat eine gute Rente und seine Frau noch ihre dazu. Außerdem kommt er wegen seines Alters ebenfalls nicht als Täter in Frage. Und wenn er wirklich als Hobby für seinen Ruhestand einen Einbruch geplant hätte, dann wäre es für ihn einfacher gewesen, in den letzten Arbeitstagen einen Nachschlüssel anzufertigen. Das Original besaß er ja."

Nagel nickte ein paarmal und strich dann Winterhoffs Namen durch.

„Und bei Frau Bliesemeister das Gleiche, nehme ich an?"

„Da wird die Sache interessant!" sagte Hellwig mit erhobener Stimme, die den Kommissar aufmerksam werden ließ. „Die hat eine durchschnittliche Rente, aber 30.000 Eier Schulden bei der Bank!"

„Woher kommen die denn?" fragte Nagel interessiert.

„Ich habe mich heute Nachmittag mit einer Nachbarin von ihr unterhalten", berichtete Hellwig. „Alte Frau, gehbehindert, deswegen einsam und redselig. Hat mir sogar Kaffee und Kuchen vorgesetzt und dann die ganze Story erzählt.

Also: Frau Bliesemeister hat eine Tochter, die verheiratet ist. Diese Tochter wollte sich mit ihrem Mann selbständig machen, irgendein Geschäft eröffnen. Nun besaßen die Beiden aber nicht genug Zaster. Da haben sie bei Frau Bliesemeister vorgefühlt, die zwar auch nicht genug gespart hatte, aber sie hat für eine hübsche Summe gebürgt. Naja, wie das bei jungen Unternehmern so ist, für eine vernünftige Kranken- oder Berufsunfähigkeitsversicherung warf das Geschäft nicht genug ab, und eines Tages hatte der Schwiegersohn von Frau Bliesemeister einen schweren Unfall, lag monatelang im Krankenhaus. Seine Frau stand alleine mit dem Geschäft da, für einen Gehilfen reichte das Kapital nicht, und sieben Monate nach Gründung mußte sie Konkurs anmelden. Der Mann bleibt durch seinen Unfall behindert. Die beiden leben jetzt von der Sozi, und Frau Bliesemeister hat die Bürgschaft an der Backe."

„Interessant!" sagte Nagel, stand von seinem Schreibtisch auf und begann, im Büro umherzuwandern. „Also, morgen die Verhältnisse untersuchen! Frau Bliesemeister kann den Tresor nicht selber aufgemacht haben. Aber wie ist ihre Verfassung? Trägt sie die Bürgschaft treu und brav ab, oder ist sie verbittert, entschlossen, sich Geld zu verschaffen, egal wie? In welchen Kreisen verkehrt sie? Kann sie jemandem einen heißen Tip gegeben haben, gegen einen Anteil natürlich? Und die Tochter mit Schwiegersohn? Welcher Art ist seine Behinderung? Kann er das Ding gedreht haben? Die Sozi ist sicherlich knapp bemessen. Arbeiten die beiden noch schwarz nebenher? Oder fühlen sie sich als Opfer der Umstände, bereit, auch andere zu berauben? Sind auf einmal fällige Rechnungen bezahlt worden? Das müssen wir morgen alles beleuchten!"

Hellwig und Lohmann kritzelten emsig ihre Notizblöcke voll.

„Dann ist da noch dieser fristlos gekündigte Heitrich", wandte sich Nagel an Lohmann. „Was ist mit dem?"

„Immer noch arbeitslos. Konnte kein Alibi für gestern Abend vorweisen. Sagt, er war allein zu Haus und hätte gelesen und ferngesehen. Aber ich habe auch niemanden gefunden, der ihn hätte weggehen oder kommen sehen. Von der körperlichen Leistungsfähigkeit hätte er die Sache durchziehen können. Aber ich bin mir nicht sicher. Ich habe den Eindruck, der ist dafür zu faul und zu doof."

Peter hatte ein zweites Mal Riesenglück gehabt, nämlich, daß Lohmann nicht herausgefunden hatte, daß ihm vom Arbeitsamt die Unterstützung gesperrt worden war.

„Also, er hat ein Motiv, nämlich Haß auf seinen ehemaligen Arbeitgeber, er hat kein Alibi, er kann Geld gebrauchen, und er wäre für die Tat sportlich genug. Den überwachen wir! Mal sehen, was er abends so macht, in welchen Kreisen er verkehrt, ob er sich auf einmal ein teures Lokal oder neue Klamotten oder eine neue Stereoanlage leistet. Am besten, wir fangen gleich damit an!"

Nagel und Hellwig sahen beide auffordernd Lohmann an. Der hatte sich eigentlich heute Abend auf eine Komödie im Fernsehen gefreut. Aber er wollte es ja noch zu etwas bringen, also mußte er mitziehen.

„Ich übernehme die Beschattung, bis der Spätdienst mich ablöst", sagte er. Ganz überzeugt klang das nicht, aber Nagel nickte nur.

„Und trotz unser beiden Verdächtigen dürfen wir die Tresorknackerbande nicht aus den Augen lassen!" sagte er zum Abschluß.

Lohmann besorgte sich bei der Fahrbereitschaft ein Auto und fuhr zu Peters Wohnung, wo er heute Vormittag bereits gewesen war. Inzwischen hatten die meisten Leute Feierabend, so daß er keinen Parkplatz fand.

Lohmann fluchte. Im Fernsehen fanden die Beamten immer

einen Parkplatz vor dem Tatort. Klar, die Sendezeit ist ja auch kostbar.

Zu seiner Freude sah Lohmann, daß weiter vorne bei einem Wagen die Lichter angingen und der vom Straßenrand abfuhr. Schnell sicherte er sich die Parklücke. Na ja, nicht ideal. Er mußte den Kopf nach hinten links verdrehen und zum Seitenfenster hinaussehen, um Peters Wohnung und das am Kellertreppengeländer angeschlossene Moped zu beobachten. Außerdem beschlugen die Fenster seines Wagens schnell. Ständig mußte er sie mit einem Papiertaschentuch abwischen. Das Seitenfenster konnte er nicht herunterkurbeln, weil man ihn dann gut sehen konnte und ein offenes Fenster bei der Kälte sicherlich verdächtig wirken würde. Das fehlte noch, daß ein neugieriger Rentner, der sich langweilte und die Straße beobachtete, einen Streifenwagen rufen würde, weil ihm der geparkte Wagen mit dem Mann darin verdächtig vorkam. Das würde einen Karriereknick bedeuten, die Kollegen würden sich kringelig lachen und sein Objekt, dieser Heitrich, könnte von seinem Fenster aus den Vorfall mitbekommen und erfahren, daß ein Polizist versucht hatte, das Haus zu beobachten.

Trotz der zwangsweise geschlossenen Fenster kroch die Kälte schnell Lohmanns Beine hoch. Er wippte mit den Füßen auf und ab, um seinen Blutkreislauf anzukurbeln, aber bald schon war er durchgefroren. Er ließ den Motor an, damit die Heizung funktionierte. Warum hatte die Scheißkarre keine Standheizung? Wahrscheinlich der übliche Geldmangel, oder die für die Anschaffung zuständigen Beamten dachten über so etwas gar nicht nach.

Im Rückspiegel sah Lohmann, daß die Auspuffgase an der kalten Luft kondensierten und eine deutlich sichtbare Wolke bildeten. Notgedrungen mußte er den Motor wieder abstellen. Wenn jetzt so ein fanatischer Anti-Auto-Umweltschützer vorbeikäme, würde der ihm in voller Lautstärke eine Predigt halten, was er doch für ein Schwein sei, einfach den Motor laufen zu lassen. Das würde ebenfalls Aufmerksamkeit erregen, die er jetzt nicht brauchen konnte.

Zwei Stunden später war Lohmanns Stimmung auf einem Tiefpunkt angelangt. In Heitrichs Wohnung brannte unverändert das Licht, der Kerl war nicht zum Treppenhaus herausgekommen, und auch das Moped stand immer noch da. Lohmann sah auf die Uhr. Erst acht! Gleich fing die Komödie im Fernsehen an, auf die er sich gefreut und zum Glück heute Morgen noch in den Videorecorder programmiert hatte. Er war hungrig und durstig, kämpfte mit der Müdigkeit und fror. Auf dem Fußweg gingen jetzt viel weniger Passanten, als vor zwei Stunden. Er riskierte es, den Motor wieder laufen zu lassen. Nach einigen Minuten kam der erste warme Luftstrom aus den Heizdüsen und hüllte ihn angenehm ein. Warum besaß die Polizei keine Wohnmobile für Beschattungen? Dann hätte er die Gasheizung angestellt, sich etwas zu Essen auf dem Herd gemacht und vom Bett aus Heitrichs Wohnung beobachtet. Das wäre doch zu schön...
Drei Minuten später war Kriminalmeister Lohmann dienstlich eingenickt.

Ein vorbeifahrendes Auto mit knatterndem Auspuff ließ ihn verwirrt hochschrecken. Ach du Scheiße! Eingepennt! Hastig sah er auf die Uhr. 20 Minuten hatte er geschlafen. Der Motor lief immer noch, und im Wagen war es jetzt viel zu warm. Er stellte schnell den Motor ab, kurbelte das Fenster herunter und sah zu Heitrichs Wohnung hoch. Das Licht war aus! Panisches Entsetzen packte Lohmann. Bestimmt hatte dieser Heitrich sich in den letzten 20 Minuten davongeschlichen, um sich mit Komplizen zu treffen oder um ein neues Ding zu drehen! Wie sollte er das Kommissar Nagel beibringen? So etwas wäre seiner Karriere bestimmt nicht förderlich. Oder sollte er lieber den Schnabel halten und so tun, als ob nichts passiert wäre? Mit Schrecken dachte er daran, daß diese

Nacht wieder irgendwo ein Tresor aufgeknackt wurde und daß Kommissar Nagel morgen sagen würde: „Also, der Heitrich scheidet als Verdächtiger aus. Der wurde die ganze Nacht observiert und war zu Hause." Lohmann würde dann eine Ritze suchen, in der er versinken konnte. Und wenn der neue Einbruch dann aufgeklärt wäre und Peter Heitrich in Handschellen das Geständnis unterschrieben hätte, dann würde Nagel fragen: „Wie kann es nur angehen, daß so ein beschränkter Amateurgauner Sie austrickst?"

So unwohl hatte Lohmann sich schon lange nicht mehr gefühlt. Er starrte zum Fenster hoch, ob irgendein Zeichen darauf hindeutete, daß sich Peter Heitrich doch noch in der Wohnung aufhielt. Flimmerte es da nicht gedämpft hinter der Gardine, so als ob im Zimmer ein Fernseher lief? Genau konnte er es nicht erkennen. Er beschloß, einen Fernseher gesehen zu haben und sein Nickerchen zu verschweigen.

Als ein Kollege von der Nachtschicht ihn zwei Stunden später ablöste, sagte Lohmann mit kratziger, unsicherer Stimme:

„Keine besonderen Vorkommnisse, um 20.00 Uhr ging das Licht aus, und ein Fernseher wurde eingeschaltet." Dann fuhr er mit der Bahn nach Hause.

Er brauchte an diesem Abend sehr lange, bis er in den Schlaf fand.

Peter ahnte nichts von Lohmanns persönlicher Krise am Straßenrand. Er hatte die Gardinen zugezogen, ein kleines Licht angeschaltet und sah im Fernsehen die Komödie, auf die Kriminalmeister Lohmann so scharf gewesen war. Nachdem er den Besuch der Polizei einigermaßen überstanden hatte, fühlte er sich wieder sicherer.

Am nächsten Tag beschäftigten sich die Beamten zuerst damit, die Verhältnisse der Frau Bliesemeister zu untersuchen. Es gab keinen Hinweis, daß sie mit dunklen Gestalten verkehrte. Ihre Tochter arbeitete bei Privatleuten stundenweise als Putze, um die Sozialhilfe aufzubessern. Nagel gönnte ihr den kleinen Nebenverdienst. Frau Bliesemeisters Schwiegersohn hatte durch den Unfall ein Hinkebein zurückbehalten und kam als Einbrecher nicht mehr in Betracht. Auch bei diesen Beiden ergab die Überprüfung keine Kontakte zu Vorbestraften und keine plötzlich bezahlten Rechnungen.

Am Nachmittag war Kriminalmeister Lohmann wieder an der Reihe, Peter Heitrich zu beschatten. Diesmal hatte er sich besser vorbereitet. In seiner Aktentasche steckte eine Thermosflasche mit heißem Kaffee und eine Plastikdose mit belegten Broten. Diesmal fand er auch einen besseren Parkplatz, der eine gute Aussicht auf Heitrichs Wohnung bot.

Um halb sieben ging plötzlich das Licht in der Wohnung aus. Lohmann ließ vor Schreck sein Käsebrot fallen. Gleich darauf wurde das Treppenhauslicht angeschaltet, und durch die Milchglasfenster sah man eine schattenhafte Gestalt die Treppen herunterkommen. Die Haustür ging auf, und Peter Heitrich trat heraus, mit einem Mopedhelm und Handschuhen bewaffnet.

Lohmann fühlte sich wie ein Angler, der einen riesigen Fisch auf seinen Köder zuschwimmen sieht.

Peter setzte seinen Helm auf, startete den Motor und knatterte davon. Lohmann warf Brotdose und Thermosflasche auf den Beifahrersitz und folgte ihm.

Die Verfolgung dauerte nicht allzu lange. Peter fuhr zum Gelände seines Sportvereins. Dort fand heute abend im Vereinshaus eine Weihnachtsfeier statt.

Lohmann saß in seinem Wagen wie auf glühenden Kohlen. Dauernd kamen Sportler und betraten das Vereinshaus, so daß er nicht auf das Grundstück gehen und Peter Heitrich beobachten konnte. Bei diesen Vereinsmeiern kannte jeder jeden, und wenn er sich unter die Mitglieder mischen würde, dann würde er begafft werden, als ob er Antennen auf dem Kopf hätte. Ihm drängte sich wieder die schreckliche Vorstellung auf, daß sein Objekt in diesem Moment zur Hintertür hinausspazierte, um ihn abzuschütteln.

Endlich kehrte auf dem Gelände des Sportvereines Ruhe ein. Im Vereinshaus begann die Weihnachtsfeier. Lohmann verließ den Wagen und schlich sich an ein erleuchtetes Fenster. Vorsichtig spähte er hinein. Die Sportler saßen an der Theke oder an den Tischen und versorgten sich mit alkoholischen Stimmungsmachern. Die Musikanlage fing an, Weihnachtslieder zu dudeln. Ein Mann, der wohl der Vereinsvorsitzende war, trat nach vorne, nahm ein Mikrofon und begann, eine Rede zu halten. Mit großer Erleichterung erblickte Lohmann Peter Heitrich an einem der vollbesetzten Tische, mit einem Bierglas bewaffnet. Also war er doch nicht getürmt!

Lohmann bohrte wegen der Kälte seine Hände tief in die Manteltaschen und wippte mit den Füßen auf und ab, während er vorsichtig durch das Fenster des Vereinshauses schaute. Er war davon überzeugt, daß dieser Heitrich sich im fortgeschrittenen Stadium der Feier zur nächsten Straftat verkrümeln würde.

12. Vater und Tochter

Etwa zur gleichen Zeit hielt in einer verlassenen Gewerbegegend ein unauffälliger Wagen vor dem einsamen Betriebsgelände einer Baustoffhandlung.

Zwei Personen stiegen aus und gingen zum Einfahrtstor des Zaunes. Genaugenommen hätte man sie nicht als ‚Personen' sondern als ‚Gestalten' bezeichnen müssen. Das lag wohl daran, daß sie Motorradmasken über ihre Köpfe gezogen hatten. Ist ja auch ganz nützlich, wenn man mit einem gestohlenen Wagen unterwegs ist.

Die beiden Gestalten besahen sich das Tor im Zaun. Einer ging zum Auto, kam mit Werkzeug zurück, und zwei Minuten später ließ sich das Tor öffnen. So ein albernes Vorhängeschloß ist ja nun auch wirklich kein ernsthaftes Hindernis.

Der Wagen wurde auf das Betriebsgelände bis an die Rückseite des Bürogebäudes gefahren. Die andere Gestalt schloß inzwischen das Einfahrtstor.

Auf der Rückseite des Bürogebäudes lag ein vergittertes Klofenster. Zwar gab es dort auch noch andere, größere Fenster ohne Gitter. Die aber besaßen wiederum den schwerwiegenden Nachteil, daß sie an eine Alarmanlage angeschlossen waren. Beim Klofenster hatte man sich diese Installation wegen des Gitters gespart.

Die beiden Eindringlinge brauchten überhaupt nicht miteinander zu sprechen, sie waren seit über 20 Jahren aufeinander eingespielt.

Mit einem Wagenheber wurden die Gitterstäbe auseinandergebogen und die Fensterscheibe mit Packband abgeklebt. Ein Hammerschlag zertrümmerte das Glas, das wegen des Klebebandes nicht klirrend herunterfallen konnte. Jetzt ließ sich das Fenster öffnen, und der erste Täter zwängte sich durch die auseinandergebogenen Gitterstäbe. Ihm fiel das schon etwas schwer, er war bereits über 40. Die zweite Gestalt reichte die Werkzeugtaschen durch das Fenster und kletterte dann hinterher. Sie war wesentlich schlanker und graziler. Hätte man die Maske heruntergerissen, wäre man erstaunt gewesen, eine junge Frau von Anfang 20 vor sich zu haben. Die beiden waren deshalb über 20 Jahre aufeinander eingespielt, weil es sich um Vater und Tochter handelte.

Bis vor einigen Monaten hatte der Mann mit seiner Frau eine gutgehende Druckerei betrieben...

Sie lebten in einem gewissen Wohlstand mit Haus, großem Wagen und Wohnmobil. Er war einfacher Schlosser und erst durch die Heirat gesellschaftlich aufgestiegen. Das Vermögen und den Betrieb hatte die Frau mit in die Ehe gebracht (mit Gütertrennung) und dafür gesorgt, daß er mangels entsprechender Fähigkeiten im Betrieb nicht allzuviel zu sagen hatte.

Die Tochter war sein Wunschkind. Die Frau wollte eigentlich keine Kinder haben. Statt Windeln zu waschen, Hausaufgaben zu beaufsichtigen und Elternabende zu besuchen hätte sie lieber ein angenehmes Leben in Golfclubs und auf Kreuzfahrtschiffen geführt. Ihren Mann und ihre Tochter sah sie als die beiden Schuldigen an, die ihr die besten Jahre versaut hatten. Dazu kam auch noch der Campingfimmel von ihrem Mann. Wie die Zigeuner! Mit Mühe hatte sie wenigstens jedes zweite Jahr einen Urlaub in einem mondänen Hotel durchgesetzt.

Ihr jahrelang gepflegter Groll brach hervor, als sie bei einer Party eines Geschäftsfreundes ihren Traumtyp kennenlernte, den sie ihr Leben lang entbehrt hatte. Er war Junggeselle (aber so jung nun auch wieder nicht), Unternehmer, gutaussehend, gebildet und wohlhabend. Nach einigen Wochen mit heimlichen Treffs disponierte die Frau um und setzte ihren Mann an die frische Luft.

Die Tochter, inzwischen volljährig und schön anzusehen, sollte eigentlich bei ihr bleiben, denn erstens machte sie ja nun keine Arbeit mehr, und zweitens eignete sie sich aufgrund ihres Äußeren gut zum Repräsentieren. Allerdings gefiel der Tochter die Art und Weise, mit der die Mutter die Familie auseinandergebracht hatte, überhaupt nicht, und noch weniger konnte sie den neuen Verehrer der Mutter leiden, der wohl der Auffassung war, die holde Weiblichkeit gleich im Doppelpack erobert zu haben. Jedenfalls begrabschte er bei seinen Besuchen nicht nur die Mutter, sondern auch die Tochter. So zog die Tochter aus Solidarität und aus Zuneigung zum Vater mit ihm in eine 2-Zimmer-Wohnung.

Weil der Vater bei seiner Heirat seine Ersparnisse mit in die damals noch aufstrebende Druckerei gesteckt hatte, besaß er einen kleinen Anteil am Geschäft. Deswegen erhielt er von seiner Ex-Frau, unter der Bedingung, sich im Geschäft nicht mehr blicken zu lassen, jeden Monat 2.000 Mark Unterhalt. Nicht gerade viel für zwei Personen.

Seine Suche nach einem Arbeitsplatz erwies sich praktisch als Zeitverschwendung. Mehrere Personalchefs ließen unverblümt durchblicken, daß ein 44-jähriger, der für die letzten 20 Jahre keine Zeugnisse vorlegen konnte, für den Arbeitsmarkt nur noch Schrottwert besaß.

Nach dem Zerfall der Familie machten Vater und Tochter erst einmal während der letzten Sommertage mit ihrem Wohnmobil Urlaub an der Ostsee. Wenigstens das hatte ihm die Frau gelassen, weil es ihr nichts bedeutete. In langen Gesprächen überlegten die Beiden, was nun werden sollte. Sie waren einen hohen Lebensstandard gewohnt. Die Tochter hatte ein gutes Abitur gemacht und wollte studieren und nicht an der Kasse eines Supermarktes versauern. Und der Vater wünschte sich mit seinen 44 Jahren, etwas Produktives zu tun und nicht mit einem Taschengeld dahinzuvegetieren.

Eines Nachmittages lud die sehr reife Dame aus dem Wohnwagen nebenan sie zum Kaffee ein. Zuerst hatten Vater und Tochter den Eindruck, als ob die Zusage ein großer Fehler gewesen war. Die Wohnwagen-Nachbarin erwies sich als unglaublich redselig und schnatterte ununterbrochen wie ein Maschinengewehr. Ihr Mann reiste geschäftlich umher (wahrscheinlich wußte er, warum) und kam nur am Wochenende auf den Campingplatz. Deswegen war die Dame sehr einsam und ständig auf der Suche nach Zuhörern. Nach einer halben Stunde wußten Vater und Tochter alles über ihre Krankheiten, Operationen und Kuren und wo die Dame welche Narbe hatte. Sie blieben nur noch aus Höflichkeit sitzen, sahen sich mit gequält verdrehten Augen an und suchten eine taktvolle Möglichkeit, sich zu verkrümeln.

Doch dann wurde das Gespräch sehr viel interessanter, denn die Sabbeltante quasselte von ihrem Haus, dem Einkommen ihres Mannes und ihrer Vermögenslage. Durch geduldiges Zuhören mit einigen wenigen zustimmenden Bemerkungen waren Vater und Tochter nach einer weiteren halben Stunde bestens informiert über das Haus von Frau Redselig und daß es zur Zeit leerstand und zu welchen Zeiten die Nachbarin dort nach dem Rechten sah und in welchem Zimmer sich ein Tresor mit einer Briefmarkensammlung befand und daß die Alarmanlage wegen vieler Fehlalarme abgestellt war und daß der Kundendienst erst nach dem Urlaub von Herrn und Frau Redselig kommen sollte.

Die Tochter sah den Vater vielsagend an. Nach einer weiteren halben Stunde konnten sie endlich taktvoll flüchten.

In ihrem Wohnmobil schmiedeten sie dann Pläne, die Tochter aus Abenteuerlust, der Vater aus Geldnot und Rachegelüsten an den Pfeffersäcken, die ihn wegen seiner einfachen Herkunft nie ernst genommen hatten. Das Haus der Quasselstrippe war ja praktisch ein Selbstbedienungsladen!

Ähnlich wie Peter Heitrich beschäftigten sie sich, zuerst nicht ganz ernsthaft, mit Einbruchsplänen, wobei sie aber wesentlich methodischer vorgingen. Sie fuhren zu einem Tresorgeschäft und gaben sich als Kaufinteressenten aus. Nach ausführlicher Beratung verließen sie den Laden mit einem Stapel Prospekten und soliden Kenntnissen über Tresore. Der Entschluß zur Tat war gereift. Mecke hätte vielleicht sogar ein gewisses Verständnis für den Vater gehabt, da er selbst sich ja in ähnlicher Situation befunden hatte, und Peter wäre sicherlich an der Tochter interessiert gewesen. Aber sie sollten sich nie kennenlernen.

Während einer sonntäglichen Fahrradtour fuhren sie zweimal am verlassenen Haus der redseligen Dame vorbei und betrachteten es sorgfältig. Ein Kellerfenster erschien ihnen geradezu ideal, weil einige große Büsche es fast vollständig verdeckten.

Zu Hause stellten sie eine Liste der benötigten Werkzeuge zusammen. Das schwerste war der tragbare Schweißapparat, dazu kamen noch eine Akkubohrmaschine, Bohrer, Hammer, Brechstange, verschiedene Zangen und Schraubendreher, zwei Sägen, ein Stemmeisen und Kleinzeug wie Glasschneider, Taschenlampen und Klebeband.

Für den Transport der Sachen wurde ein Auto gebraucht. Das Wohnmobil wäre in dieser Gegend zu auffällig gewesen. Der Kauf eines Pkw kam aus finanziellen Gründen nicht in Betracht, und ein Wagen vom Autovermieter erschien den Beiden zu gefährlich. Dort hätten sie ihre Papiere vorzeigen und ihre Namen und Adresse im Mietvertrag festhalten müssen. Es blieb also nur die Möglichkeit übrig, sich einen Wagen auszuleihen, allerdings, ohne den Besitzer vorher um Erlaubnis zu fragen. Das Organisieren von zwei Nummernschildern war kein Problem, aber weder Vater noch Tochter hatten Erfahrung im Autodiebstahl. Der Vater trieb sich einen ganzen Nachmittag auf einem Schrottplatz herum und studierte an den vor sich hinrostenden Wagen die Konstruktion der Tür- und Zündschlösser, um herauszufinden, wie man sie knacken konnte.

Letzten Endes erledigte sich das Thema fast von selbst. Als die Tochter am nächsten Morgen Brötchen holte, fiel ihr ein Mann auf, der seinen Wagen mit laufendem Motor vor einem Zeitungsladen abstellte und in den Laden ging, um sich Zeitung und Zigaretten zu kaufen. Sie berichtete dem Vater davon, und am nächsten Morgen bezogen beide auf der anderen Straßenseite Posten und taten so, als wären sie in ein Gespräch vertieft. Tatsächlich erschien der selbe Mann wieder und handelte genauso, wie am Tag zuvor. Wahrscheinlich hielt er jeden Morgen auf dem Weg zur Arbeit bei dem Zeitungsladen an.

Am dritten Tag legte sich der Vater wieder auf die Lauer und stieg, sobald der Autofahrer den Zeitungsladen betreten hatte, einfach in den Wagen und brauste davon. Ein sadistisches Grinsen zog über sein Gesicht, als er daran dachte, was der arme Knilch wohl seiner Versicherung erzählen wollte. Egal, nach dem Einbruch würde er den Wagen irgendwo im Halteverbot abstellen, wo er sicherlich bald von der Polizei gefunden würde.

Kaum brach die folgende Nacht an, da brachen Vater und Tochter auf und brachen ein. Sie parkten vor der Villa der Sabbeltante und warteten erstmal zehn Minuten im Wagen ab, ob irgendwo jemand spazierenging oder aus dem Fenster schaute. Im Nachbarhaus brannte zwar Licht, aber man konnte sehen, daß die Gardinen zugezogen waren. Dann stiegen sie leise aus, nahmen ihre Rucksäcke mit dem Werkzeug, kletterten über den Zaun und versteckten sich in dem Gebüsch vor dem Kellerfenster. Hier warteten sie ebenfalls zehn Minuten still ab, ob sich irgendjemand näherte oder plötzlich aus einem Fenster des Nachbarhauses sah.

Das Aufbrechen des Kellerfensters ging ganz einfach und fast lautlos vor sich. Nur ein kleiner Farbsplitter von der Brechstange blieb am Holzrahmen hängen.

Im Dunkeln stiegen sie vorsichtig in den Wohnbereich hinauf und zogen erstmal die Gardinen zu. Die Teppiche, in denen man tief versank, die schweren Vorhänge, die echten Eichenmöbel, überhaupt alles in diesem Haus stank richtig nach Geld.

Den Tresor entdeckten sie relativ schnell in der Wohnzimmerschrankwand und lachten erstmal herzhaft. Es handelte sich um einen billigen Möbeltresor aus dem Baumarkt. Eigenartig, daß so reiche Leute sich als so geizig erwiesen und an den Sachen sparten, die man nicht sehen konnte.

Durch die Informationen, die sie über Geldschränke eingeholt hatten, wußten sie, daß so ein Möbeltresor nur mit zwei Schrauben durch die Rückwand verankert war. Mit ihren Montiereisen brachen sie ihn heraus, um ihn zu Hause in Ruhe zu öffnen. Allerdings wog der Kasten allerhand, etwa 40 kg. Mit vereinten Kräften schleppten sie ihn in den Keller, um dann mit Schrecken festzustellen, daß er um einen Zentimeter nicht durch das Kellerfenster paßte.

Frustriert überlegten sie, ob sie ihn doch hier öffnen oder wieder hinauftragen und durch ein anderes Fenster hinausheben sollten. Sie entschieden sich für die zweite Möglichkeit und brachten den schweren Kasten wieder zur Kellertreppe. Dabei stieß der Vater mit dem Hintern gegen ein Regal, ein Weckglas zersplitterte krachend auf dem Boden, und Pflaumengeruch stieg auf. Panisch rannten sie nach oben und sahen einige Minuten lang aus verschiedenen Fenstern, ob irgendjemand kam, um nach dem Rechten zu sehen. Nach zehn Minuten gingen sie etwas beruhigter wieder in den Keller, wobei der Vater auf den Pflaumen ausrutschte und unsanft auf dem Hintern landete. Besonders sauer war er, als er seine Tochter hinter ihrer Maske kichern hörte.

„Pfu Hauwe kriegft du die Howen ftrammgepfogen!" fluchte er durch seine Maske.

Endlich gelangten sie mit dem Tresor im Wohnzimmer an. Als sie die Terrassentür öffnen wollten, kamen ihnen doch Bedenken. Deutlich konnten sie die Kontakte der Alarmanlage sehen. Und wenn die Anlage inzwischen doch repariert worden war? So kurz vor dem Ziel wollten sie kein Risiko eingehen.

Mit ihren Werkzeugen stiegen sie wieder zum Kellerfenster hinaus, beobachteten vorsichtig die Umgebung und packten die Werkzeuge ins Auto. Dann kletterten sie wieder ins Haus und brachten den Tresor zur Terrassentür. Wenn jetzt beim Öffnen Alarm ausgelöst würde, wollten sie, so schnell es der schwere Kasten zuließ, damit über den Rasen laufen und türmen.

Mit einem entschlossenen Ruck riß die Tochter die Terrassentür auf und dankte der Redseligkeit der Hausbesitzerin. Die Anlage blieb stumm.

Vorsichtig pirschten sie mit dem Tresor zum Auto und fuhren ab. Auf einem Autobahnparkplatz, wo sie vorher ihr Wohnmobil abgestellt hatten, wurden Tresor und Werkzeug umgeladen.

Die restliche Nacht verbrachten sie im Wohnmobil mit dem Öffnen des Tresores. Es lag wirklich eine Briefmarkensammlung darin, aber von Briefmarken verstanden Vater und Tochter nichts, sie konnten den Wert nicht beurteilen. Vielleicht befanden sich seltene Stücke darunter, und sie hätten Verdacht erregt, wenn sie die Marken einem Händler angeboten hätten. So wurde das Album als Paket mit einem falschen Absender wieder an den Eigentümer zurückgeschickt.

Interessanter fanden sie die 5.000 Mark Bargeld, die außerdem im Tresor lagen, und am interessantesten waren zwei Briefe von einem Kreditkarteninstitut. Offenbar hatte der Mann der redseligen Camperin eine neue Kreditkarte beantragt. Diese war ihm während seiner Geschäftsreise zugeschickt worden und mit separater Post die Geheimnummer. Seine Frau hatte alles ordentlich in den Tresor eingeschlossen.

Die nächsten Tage zogen Vater und Tochter von einem Geldautomaten zum nächsten und erbeuteten 6.000 Mark, bis ein Automat die Karte einzog. Inzwischen war der Einbruch von der Nachbarin entdeckt und die Karte gesperrt worden.

Aber immerhin, 11.000 Mark! Vater und Tochter waren auf den Geschmack gekommen.

Nach dieser ganzen Arbeit leisteten sie sich an einem Sonntag ein ausgezeichnetes Mittagessen in einem guten Restaurant. Schon lange hatten sie nicht mehr so feudal gespeist, denn in den letzten Wochen hatten sie sich aus Geldmangel nur Billigfraß leisten können.

Beim Nachtisch fragte die Tochter den Vater: „Erinnerst du dich noch, daß ich im letzten Jahr in den Ferien bei dem Autohaus als Bürohilfe gejobt habe?"

„Ja, und?"

„Im Büro von dem kaufmännischen Leiter, da steht ein niedlicher Tresor, wirklich entzückend. Oben ist ein Firmenschild mit der Angabe ‚Baujahr 1922' und in den Türen sind richtig erhabene Lorbeerzweige eingegossen. Und schön hellgrün lackiert ist er, und die Lorbeerzweige und die Schriften sind mit Goldfarbe gemalt."

Während die Tochter über die Handwerkskunst schwärmte, sprang im Kopf des Vaters die Registrierkasse an.

„Wieviel ist denn da so üblicherweise drin?"

„Weiß' ich nicht. Der kaufmännische Leiter hat ihn immer nur aufgemacht, wenn keiner zugesehen hat, damit niemand die Kombination abguckt. Und zusätzlich hat er noch einen Schlüssel gebraucht. Aber ein Angestellter hat mir mal erzählt, daß im Autohandel auch heute noch viel Bargeld über den Tisch geht."

Der Vater sah lange nachdenklich auf den Aschenbecher mit der Underberg-Reklame, dachte nach und grinste dann freudig.

„Alarmanlage?"

„Damals gab es da keine, aber ein Nachtwächter, auch an den Wochenenden."

„Dann sollten wir uns den Laden mal ansehen!"

Zu Hause zeichnete die Tochter aus dem Gedächtnis einen Plan des Gebäudes. Immerhin lag ihre Beschäftigung dort schon über ein Jahr zurück.

Mit dem Wohnmobil fuhren sie am nächsten Tag zu dem

Autobetrieb und beobachteten, hinter den Gardinen verborgen, mit Ferngläsern das Gebäude. Als die Tochter hinter den Bürofenstern die Angestellten teilweise wiedererkannte und sich an deren Namen erinnerte, fielen ihr auch noch weitere Details ein, so daß der Plan des Bürohauses noch verbessert werden konnte. Zu ihrem Ärger ließ der Nachtwächter keinen festen Zeitplan erkennen, nach dem er über den Hof und durch die Gebäude ging. Den Onkel müßten sie also ständig im Auge behalten.

Wieder war es ein Kellerfenster, das sie sich für den Einbruch auswählten. Sie fanden es deswegen ideal, weil an dieser Stelle der Hauswand die zu verkaufenden Gebrauchtwagen abgestellt waren, die das Fenster verdeckten. Man konnte sich also dem Tatort unverdächtig nähern, indem man den Gebrauchtwageninteressenten spielte. Außerdem konnte der Nachtwächter diese Stelle von seinem Fenster nicht einsehen.

Vater und Tochter nahmen sich den Besuch in dem Autohaus für November vor, weil es dann schon früh dunkel werden würde.

An einem Abend im Herbst, als die Dämmerung einsetzte, fuhren sie zum Tatort. Diesmal hatten sie sich keinen Wagen besorgt, da der Autobetrieb zentral in einem gemischten Wohn- und Gewerbegebiet lag und das einige Straßen weiter abgestellte Wohnmobil nicht weiter auffiel.

Ihre Werkzeugtaschen trugen sie zum Autohaus und gingen um die ausgestellten Gebrauchtwagen herum. Dabei stellten sie ihre Taschen neben das Kellerfenster. Während sich die Tochter die Autos ansah und dabei nach Fußgängern Ausschau hielt, brach der Vater das Fenster auf. Sobald er hineingeklettert war, pfiff er, die Tochter reichte die Werkzeugtaschen hinein und folgte ihm.

Sie waren in einem Wasch- und Umkleideraum für die Monteure gelandet. Mit ihrer Akkubohrmaschine bohrten sie ein kleines Loch durch das Fenster und den Rahmen und drehten eine Blechschraube hinein. Wenn der Nachtwächter jetzt am Fenster rütteln würde, egal, ob von innen oder von außen, würde das Fenster trotz des zerstörten Schließbleches einen fest verriegelten Eindruck machen.

Sehr vorsichtig gingen sie durch das Treppenhaus in den zweiten Stock zum Büro des kaufmännischen Leiters hinauf, weil die Eingangshalle des Treppenhauses vom Nachtwächter gesehen werden konnte. Zum Glück brannte in seiner Bude Licht, während das Treppenhaus im Dunklen lag, so daß er schlecht nach draußen sehen konnte. Aber er konzentrierte sich andächtig auf seine Zeitung.

Das Büro des kaufmännischen Leiters war abgeschlossen, aber darauf hatten sich Vater und Tochter vorbereitet. Nachdem der Schließzylinder geknackt war, ersetzten sie ihn durch einen mitgebrachten neuen. Erstens konnten sie sich so in dem Büro einschließen, solange der Nachtwächter seinen Runde drehte, und zweitens würde es nicht auffallen, daß das Originalschloß zerstört worden war (solange der Nachtwächter nicht aus irgendeinem Grunde versuchte, die Bürotür aufzuschließen!)

Während der Vater den Schweißapparat aufbaute, verlegte die Tochter eine zwanzig Meter lange Leitung aus dünnem Elektrokabel bis zum Treppenhausfenster, an deren Ende ein Drucktaster verlötet war. Das andere Ende führte zu einem Batteriekasten mit einer hellen Lampe und einem Summer, den der Vater neben den Tresor stellte.

Schweren Herzens ging der Vater an die Arbeit. Bei dem Tresor handelte es sich wirklich um ein ausgesprochen schönes Stück Handwerkskunst. Bedauerlich, daß er jetzt auf so schäbige Weise geöffnet wurde. Zum Glück waren in dem alten Ding die Tür und die Wände noch nicht mit Beton gefüllt.

Währenddessen bezog die Tochter am Treppenhausfenster Posten und behielt die Nachtwächterloge im Auge. Als der Wächter seine Jacke anzog und das Schlüsselbund nahm, um seine Runde zu drehen, betätigte sie die Drucktaste am Kabel. Am Batteriekasten im Büro gingen das Licht und der Summer an und signalisierten dem Vater, sofort den Schweißapparat abzustellen und das Bürofenster zu schließen, das er wegen der Schweißgase geöffnet hatte. Die Tochter lief ebenfalls in das Büro, wobei sie das Signalkabel hinter sich herzog und zusammenraffte. Im Büro schlossen sich die Beiden ein und warteten still ab. Vor Schreck hätte die Tochter fast geschrieen, als auf einmal von draußen die Türklinke betätigt wurde. Der Nachtwächter prüfte die Tür auf ordnungsgemäßen Verschluß. Hoffentlich fiel ihm kein Brandgeruch auf! Die Tochter wäre sicherlich vor Schreck in Ohnmacht gefallen, wenn auf einmal Feuerwehrautos auf den Hof gefahren wären und ein Haufen Männer unter Begleitung von Kommandorufen und piepsenden Funkgeräten ihre Schläuche ausgerollt und eine Drehleiter ausgefahren hätten. Aber offenbar bemerkte der Nachtwächter nichts, sonst hätte er wohl zuerst versucht, die Bürotür aufzuschließen, um nach dem Rechten zu sehen.

Nachdem er sich wieder in seiner Loge mit der Zeitung beschäftigte, setzten Vater und Tochter ihre Arbeit fort.

Mit dem Stundenlohn wäre jede Gewerkschaft zufrieden gewesen. Im Tresor befanden sich fast 84.000,- Mark! Der Vater sagte seiner Tochter zuerst nichts davon, damit sie vor Freude nicht leichtsinnig wurde. Sie packten ihre Sachen zusammen, schlossen die Bürotür ab und stiegen wieder sehr vorsichtig durch das Treppenhaus in den Umkleideraum. Hier saßen sie einige Minuten wie auf glühenden Kohlen, denn genau vor dem Fenster, aus dem sie aussteigen wollten, standen drei junge Männer, die sich wirklich für die ausgestellten Gebrauchtwagen interessierten und lauthals deren Vor- und Nachteile diskutierten. Erst, als sie fortgegangen waren, kletterte die Tochter hinaus, spähte die Straße entlang und nahm dann die Werkzeugtaschen in Empfang. Nachdem der Vater ebenfalls wieder auf der Straße angelangt war, trugen sie ihre

Taschen zum Wohnmobil. Dabei löcherte die Tochter ihren Vater ständig damit, wieviel denn nun drin gewesen war. Der Vater grinste nur wissend und ließ die Tochter zappeln. Erst auf der Heimfahrt rückte er mit der Summe heraus. Die Tochter hüpfte vor Freude auf dem Beifahrersitz auf und ab.

Zu Hause versteckten sie das Geld an verschiedenen Stellen in der Wohnung und im Keller und gingen schlafen.

Am nächsten Morgen wunderte sich der kaufmännische Leiter des Autohauses, daß sich seine Bürotür nicht aufschließen ließ. Er vermutete einen Defekt im Schloß und ließ erst einen Handwerker kommen, bis er die Bescherung sah.

Die Polizei stellte anhand der Farbspuren, die die Brechstange am Kellerfenster hinterlassen hatte, fest, daß es die selben Einbrecher gewesen sein mußten, die vor einigen Wochen in der Villa eines Geschäftsmannes einen ganzen Tresor herausgebrochen hatten. Ein entsprechender Bericht mit Angabe der erbeuteten Summe erschien in der Zeitung und animierte Peter Heitrich zu seinen Einbruchsplänen.

Während die Polizei in dem Autohaus den Tatort untersuchte, saßen Vater und Tochter beim Frühstück. Dabei war ihre Freude von gestern etwas gedämpft. Sie frühstückten nämlich nicht nur, sondern rechneten auch. Selbst, wenn die Tochter nur drei Jahre studieren wollte und mit nur 1.500 Mark im Monat auskommen würde, dann wären das bereits 54.000 Mark.

Der Vater hatte bei einem Tanztee eine ungebundene, sportliche Frau in seinem Alter kennengelernt, die seine Vorliebe für Reisen teilte. Wenn die Tochter studierte, wollte er sich mit dieser Dame die schönen Ecken Europas ansehen. Er hatte bei einem Händler ein modernes Wohnmobil gesehen und seitdem davon geträumt. Die Prospekte lagen immer noch in der Küche. Die Preisliste allerdings auch. Über 70.000 Mark sollte das Gefährt kosten, und für seine alte Hütte auf

Rädern würde er höchstens 20.000 Mark bekommen.

Die Schlußfolgerung lag so nahe, daß Vater und Tochter den Gedanken stereo aussprachen: „Ich glaube, wir müssen nochmal 'ran!"

Zu dieser Zeit baute ein Bekannter der Beiden in Eigenarbeit ein Haus. Der ganze Jahresurlaub war schon verbraucht, aber es hatte alles länger gedauert, als gedacht. Da er seine Wohnung zum Jahresende gekündigt hatte, mußte er unbedingt bis dahin einziehen. Rohbau, Dach, Fenster und Heizung waren fertig, aber der Innenausbau fehlte noch, und als das größte Problem des Bauherren erwies sich der Zeitmangel, da er und seine Frau nur nach Feierabend und an den Wochenenden am Haus arbeiten konnten.

Der Vater und seine Tochter verfügten über genug Zeit, da sie ja nicht arbeiteten und boten ihrem Bekannten an, zu helfen. Dankbar bat er sie, an einem Freitag bei einer Baustoffhandlung bestimmte Fliesen und den dazugehörigen Mörtel für Küche und Bad zu besorgen und zur Baustelle zu fahren, weil er am Wochenende fliesen wollte.

Nachdem sie die Ware ausgesucht hatten, ging ein Angestellter ins Lager, um die Sachen zu holen, und sie mußten sich an die Kassenschlange anstellen. Der Vater stellte erstaunt fest, daß seine Tochter mit verliebtem Blick einen jungen Mitarbeiter hinter dem Tresen anhimmelte. Als er sich zu ihr hinüberbeugte, sah er, daß ihr Blick gar nicht dem jungen Mann galt, sondern einem kleinen Tresor, der in einem jetzt geöffneten Aktenschrank versteckt war und dessen Tür offenstand. Sie sahen sich das Ding an, bis sie an der Kasse bezahlen mußten. Deutlich konnten sie erkennen, daß die Tür nur über zwei Verriegelungsstangen verfügte. Es schien kein schwerer Fall zu sein.

Die Tochter erkundigte sich bei der Kassiererin nach einem WC. Auf dem Weg dorthin schaute sie in ein Büro, in dem zwei Frauen an der Arbeit saßen und erblickte sofort die

Alarmkontakte an den Fenstern. Das Klofenster war nicht mit einer Alarmanlage gesichert, dafür aber vergittert.

Am Nachmittag parkte wieder das bereits bekannte Wohnmobil auf der anderen Straßenseite. Vater und Tochter beobachteten mit ihren Ferngläsern die Angestellten der Baustoffhandlung hinter ihrem Kassentresen. Aber gerade, als die Kassiererin angefangen hatte, die Tageseinnahmen zu zählen, gab es auf der Straße einen Verkehrsstau, und ein großer Lastwagen versperrte den Beiden die Sicht. Als der Wagen endlich weiterfuhr, hatte die Kassiererin bereits fertig gezählt. So mußten sie unverrichteter Dinge wieder abziehen.

Am Montagnachmittag parkten sie auf der Straßenseite der Baustoffhandlung. Zu ihrer Ernüchterung beobachteten sie etwas, was eigentlich selbstverständlich war: Der Verkaufsraum schloß um 18.00 Uhr, aber die letzten Büroangestellten machten schon um 17.00 Uhr Feierabend. Deswegen entnahm die Kassiererin gegen 16.30 Uhr die Tageseinnahmen bis auf einen Rest Wechselgeld aus der Kasse, packte das Geld in stählerne Geldbomben und brachte diese in ein Büro, wo sie vermutlich von einem Mitarbeiter auf dem Heimweg mitgenommen und bei der Bank in den Nachttresor gesteckt wurden. So lag über Nacht im Tresor nur das Geld, das zwischen 16.30 Uhr und 18.00 Uhr eingenommen wurde. Also stellte sich jetzt die Frage, ob der Einbruch wegen der geringen Summe überhaupt noch lohnenswert sein würde.

Aus dem Wagen heraus konnten die Beiden nicht sehen, wieviel Geld noch in die Kasse floß. Deswegen stiegen sie aus und gingen in die Baustoffhandlung.

Es hielten sich noch viele Kunden im Verkaufsraum auf, die alle nach Feierabend Baumaterial kauften. Vater und Tochter stellten sich in die Nähe der Kasse, nahmen Prospekte über verschiedene Fliesenkleber aus einem Ständer und taten so, als ob sie diese studierten. Dabei beobachteten sie die Leuchtanzeige der Kasse, für wieviel Geld die einzelnen Kunden einkauften und addierten die Summen grob im Kopf.

Die erste Störung gab es, als eine Verkäuferin die Beiden fragte: „Kann ich Ihnen weiterhelfen?" Sie mußten die freundliche Dame höflich abwimmeln.

Um nicht noch mehr Verkäufern aufzufallen, ging der Vater durch die Ausstellung, um die Fliesenmuster zu betrachten, während die Tochter an der Kasse so tat, als ob sie auf ihn wartete, dabei aber bei jedem Kunden die von der Kasse angezeigte Summe registrierte. Wieder kam ein freundlicher Verkäufer und fragte sie, womit er dienen könne.

„Danke, ich warte nur auf meinen Vater", antwortete sie lächelnd. Donnerwetter, hatten die hier eine aufmerksame Bedienung!

Dann wechselten sie sich ab. Die Tochter ging durch die Ausstellung, und der Vater wartete an der Kasse und zählte dabei die eingezahlten Summen zusammen.

Als die Tochter von ihrer Runde durch die Ausstellung zurückkehrte, stellten sie fest, daß zwei Verkäufer zu ihnen herübersahen und miteinander tuschelten. Sie verließen vorsichtshalber den Laden.

Ihre überschlägige Schätzung ergab, daß sich etwa 4.000 Mark in der Kasse befanden. Dafür würde sich der Aufwand kaum lohnen.

„Vielleicht sollten wir uns die Sache morgen nochmal ansehen?" schlug der Vater vor.

„Aber so wie heute geht das nicht!" stellte die Tochter fest. „Zweimal sind wir von Verkäufern angesprochen worden und dumm aufgefallen. Wir können nicht morgen schon wieder eine Stunde neben der Kasse 'rumlungern, da machen wir uns ja verdächtig!"

Deswegen gingen sie am nächsten Tag in die Fotoabteilung eines Kaufhauses und erwarben ein großes Fernrohr im Sonderangebot. Es handelte sich zwar nur um fernöstliche Billigware, aber für ihren Zweck reichte das Ding vollkommen aus. Es verfügte über eine enorme Vergrößerung und eignete sich wegen der großen Linsendurchmesser auch für Beobachtungen in der Dunkelheit.

Rechtzeitig am frühen Nachmittag fuhren sie mit dem Wohnmobil wieder bei der Baustoffhandlung vor. Ein Glück, daß sie ein gewisses Zeitpolster hatten, denn der Parkplatz, den sie brauchten, war besetzt. Über eine Stunde warteten sie im Fahrerhaus, bis der betreffende Wagen endlich wegfuhr, dann schnappten sie sich sofort die Parklücke.

Über dem Fahrerhaus war ein Alkovenaufbau mit einem Doppelbett. Dort legte sich die Tochter auf den Bauch, stützte das Fernrohr auf den Rand des Seitenfensters auf und unterfütterte ihren Oberkörper so mit Kissen und Decken, daß sie die richtige Auflagefläche zum Beobachten der Registrierkasse hatte.

Das Fernrohr vergrößerte so stark, daß sie zuerst den Eindruck hatte, die Leuchtanzeige der Kasse wäre genau vor ihrer Nase. Diese Vergrößerung stellte sich aber auch als Nachteil heraus. Bei jedem Atemzug tanzte das Bild auf und ab. Sie mußte ganz flach atmen und rief ihrem Vater die abgelesenen Summen zu, der diese notierte.

Nach über einer Stunde war sie total erschöpft, aber die freudige Nachricht des Vaters belebte sie schnell wieder. Etwa 6.000 Mark waren in die Kasse und jetzt in den Tresor geflossen! Das lohnte sich schon eher.

Sie nahmen sich den Einbruch für Freitag vor.

„Da haben viele Leute früher Feierabend und nutzen den Nachmittag zum Einkaufen", erklärte der Vater, „Und bestimmt kommen Freitag auch deswegen viele Käufer, weil sie am Wochenende in der Wohnung oder am Haus basteln wollen. Wahrscheinlich ist dann mehr in der Kasse."

Für den Besuch der Baustoffhandlung brauchten sie wieder einen Pkw. Mit ihrem eigenen Wohnmobil konnten sie schlecht zum Einbrechen fahren, und in dieser Gegend wäre es auch zu auffällig gewesen, weiter weg zu parken und die Werkzeugtaschen zum Tatort zu tragen. Zwei Fußgänger mit schweren Taschen wären im abends verlassenen Gewerbegebiet jeder Zivilstreife sofort verdächtig erschienen.

Vor dem Zeitungsladen versuchten sie es gar nicht erst ein zweites Mal. Bestimmt hatte der Verkäufer in den Tagen danach jedem Kunden von dem großen Ereignis erzählt, das sich direkt vor seinem Laden abgespielt hatte und das für ihn eine willkommene Abwechslung in seinem eintönigen Lotto-Bildzeitung-HB-Trott gewesen war. Jetzt würden bestimmt alle, die dort morgens einkauften, den Zündschlüssel abziehen.

In der Nähe ihrer 2-Zimmer-Wohnung gab es eine kleine Post. Der Vater machte sich Hoffnungen, daß jemand, der nur schnell ein Paket aufgeben wollte, seinen Wagen nicht ordentlich verschließen würde.

Vor der Post standen zwei Telefonzellen. Der Vater stellte sich am nächsten Tag in eine der beiden und tat so, als ob er telefonierte. Dabei beobachtete er alle vorfahrenden Kunden, ob es vielleicht einer eilig hatte und den Zündschlüssel stekken ließ. Aber leider schlossen alle Kunden ihre Autos sorgfältig ab.

„Wie lange dauert das denn noch?!" quakte ein Opa vor der Telefonzelle und klopfte gegen die Scheibe. Erschrocken drehte der Vater sich um. Bestimmt war der Opa schon zehn Minuten ungeduldig vor der Zelle auf und ab gegangen. Ob er gemerkt hatte, daß dort gar nicht telefoniert wurde? Eilig verließ der Vater die Zelle.

Neben den Telefonhäuschen stand eine Anschlagsäule, an der jeder Zettel anheften konnte, der etwas verkaufen wollte. Der Vater studierte aufmerksam die Angebote der Möbel, Kinderklamotten und Elektrogeräte und beobachtete dabei weiterhin die ankommenden Autos.

Nach 15 Minuten hätte er auswendig sagen können, welche Telefonnummer man anrufen mußte, um das Babybett für 150 Mark zu erwerben. Er wollte schon entnervt aufgeben und nach Hause gehen. In diesem Moment fuhr ein Auto an den Straßenrand, und eine junge Frau mit zwei Briefen in der Hand stieg eilig aus und rannte in die Post. Deutlich registrierte der Vater, daß sie ihren Wagen nicht verschloß.

Zielstrebig ging er zu dem Auto, öffnete die Tür und setzte sich hinter das Steuer. Im Rückspiegel blickte er in das grimmige Gesicht eines gewaltigen Schäferhundes, der hinten im Wagen saß.

Das Bellen des Hundes war ungefähr so laut, wie ein Kanonenschlag und ließ das Auto in den Federn schaukeln. Wie ein Verrückter sprang der Vater aus dem Wagen, donnerte die Tür zu, rannte drei Straßen weit und blieb schließlich erschöpft in einem Hauseingang stehen. Irgendwie schien dieses Unternehmen nicht so glatt zu laufen, wie die anderen beiden.

Zu Hause angekommen, berichtete er seiner Tochter von den Mißerfolgen. Zusammen dachten sie nach. In so einer großen Stadt mußte doch irgendwo ein Auto aufzutreiben sein! Der Vater überlegte, ob er seine im Sommer auf dem Schrottplatz erworbenen Kenntnisse nun doch anwenden sollte, um einen Wagen zu stehlen. Irgendwie schien das auch nicht das Richtige zu sein, denn ohne den Autoschlüssel wäre der Kofferraum nicht zugänglich und müßte extra geknackt werden.

Die Wechselwirkung ihrer beiden Gehirne brachte sie schließlich auf eine Idee. Sie fuhren mit dem Wohnmobil zu einem abends gut besuchten Restaurant und beobachteten dort die ankommenden Wagen. Endlich erblickten sie das Gewünschte: Ein Mann und seine Frau stiegen aus ihrem Auto, der Mann verschloß die Türen und steckte den Schlüssel in die linke Manteltasche. Als die Beiden das Restaurant betreten hatten, folgten ihnen Vater und Tochter.

Im Lokal war es ziemlich voll. Der Mann und seine Frau hatten gerade ihre Mäntel an der Garderobe aufgehängt und gingen dann weiter nach hinten zu einem freien Tisch. Die Tochter hängte ebenfalls ihre Jacke an die Garderobe und mopste dabei mit einem schnellen Griff den Autoschlüssel aus dem Mantel. Am liebsten wären sie jetzt gleich hinausgerannt und mit dem Wagen der Gäste abgehauen. Aber der Vater war der Meinung gewesen, daß es verdächtig wirken könnte, wenn jemand nur hereinkam, an der Garderobe herumfummelte und wieder verschwand. Also setzten sie sich an die Theke, bestellten ein Bier für den Vater und eine Cola für die Tochter, zwangen sich, wie auf glühenden Kohlen sitzend, zur Ruhe und leerten langsam ihre Gläser. Jetzt hätte nur noch gefehlt, daß der Autofahrer irgend etwas im Wagen vergessen hatte und aufstand, um es zu holen. Dann würde er den Diebstahl des Schlüssels gleich bemerken.

In diesem Moment stand der Autofahrer auf und ging in Richtung der Garderobe. Der Vater verschluckte sich fast an seinem Bier, und die Tochter hatte das Gefühl, daß der gestohlene Schlüssel wie Feuer in ihrer Hosentasche brannte. Sie waren schon drauf und dran, einen Zwanzigmarkschein auf die Theke zu klatschen und zu verduften. Da stieg der Autobesitzer die Kellertreppe hinunter, an deren oberem Geländer auf einem Schild ,Toiletten im Keller' stand.

Vater und Tochter atmeten erleichtert auf, bezahlten, verließen das Restaurant und fuhren mit dem Auto des Gastes und ihrem Wohnmobil davon.

Die Frau des Autobesitzers studierte immer noch ihre Speisekarte.

Von einem in einer dunklen Seitenstraße geparkten Auto liehen sie sich die Nummernschilder aus, schraubten sie an den gestohlenen Wagen und stellten ihn dann auf einem großen Parkstreifen in der Nähe ihrer Wohnung ab. Sie bedauerten es wieder sehr, daß sie keine Garage besaßen, denn der Wagen konnte immer noch entdeckt werden, da sie ihn erst am übernächsten Tag benötigen würden.

Am Freitag, für dessen Abend sie sich den Einbruch in die Baustoffhandlung vorgenommen hatten, wurden sie von einer Zeitungsmeldung überrascht, die über einen Tresoraufbruch in einer Autoteilehandlung berichtete und die Tat der gleichen

Bande anlastete, die bereits bei einem Geschäftsmann und in einem Autobetrieb die Tresore geknackt hatte.

„Scheint noch mehr Leute zu geben, die nachts ihr Einkommen aufpolieren", bemerkte die Tochter lachend, ohne zu ahnen, wie ihre Vermutung ins Schwarze traf.

Der Vater nahm den Bericht ebenfalls humorvoll auf und sagte grinsend: „Ich lach' ja, wenn wir heute Abend da einsteigen, und dann kommen da noch welche, die den selben Tresor knacken wollen."

Am Abend überzeugten sie sich durch wiederholtes Vorbeigehen an dem gestohlenen Wagen davon, daß dieser nicht observiert wurde. Dann packten sie ihre Werkzeugtaschen in das Auto und fuhren zu der Baustoffhandlung, in deren Toilettenräume sie jetzt gerade eindrangen.

Von dort aus gelangten sie in den Flur und gingen an dem Büro vorbei, in das die Tochter eine Woche zuvor beim Fliesenkauf einen Blick geworfen hatte, um die Fenster auf Alarmkontakte zu prüfen. Die gegenüberliegende Tür führte in den Verkaufsraum. Sie war abgeschlossen und wurde vom Vater mit der Brechstange geöffnet.

Vorsichtig sahen sie durch die Fenster des Verkaufsraumes nach draußen. Die nächtliche Straße lag vollkommen verlassen da. Sie zogen den Sonnenschutz aus Senkrechtlamellen zu.

Dann brachen sie den Aktenschrank auf, in dem der Tresor versteckt war. Der Vater packte das tragbare Schweißgerät aus. Er plante, nur zwei Löcher an den Stellen in den Türrahmen zu schneiden, hinter denen die Verriegelungsstangen saßen. Dann würde sich die Tür leicht aufhebeln lassen. Während er an die Arbeit ging, kletterte die Tochter wieder zum Klofenster hinaus und schlich zur Vorderfront des Gebäudes, um die Straße zu beobachten.

Was sie sah, verschlug ihr den Atem. Die Senkrechtlamellen

an den Fenstern dunkelten nicht genug ab. Deutlich sah man dahinter im Raum den Feuerschein des Schneidbrenners.

Sie rannte wieder um das Haus, kletterte durch das Klofenster und schrie auf dem Weg zum Verkaufsraum: „Abstellen! Abstellen!"

Erschrocken unterbrach der Vater seine Arbeit und drehte die Gasventile zu. „Was'n los?"

„Die Jalousien sind lichtdurchlässig! Wenn einer die Straße entlang kommt, denkt er, hier drinnen brennt es!"

Der Vater machte hinter seiner Maske ein Gesicht, als ob er gleich kotzen müßte und legte den Schneidbrenner auf den Boden.

„Und was jetzt?"

„Wir müssen irgendwas finden, um die Fenster zu verhängen. Wolldecken oder so."

Es gingen aber fünf Fenster zur Straße, und Wolldecken gehören normalerweise nicht zur Ausstattung des Verkaufsraumes einer Baustoffhandlung.

Als sie auf der Suche nach Decken einen jetzt leeren zweitürigen Garderobenschrank öffneten, kam ihnen eine Idee. Sie schoben den Garderobenschrank so zu dem aufgebrochenen Aktenschrank, daß die beiden Schränke sich mit den Öffnungen gegenüberstanden und kein Licht mehr in Richtung der Fenster scheinen konnte. An den Seiten bildeten die geöffneten Schranktüren eine gute Abschirmung. Nur oben zwischen der Zimmerdecke und den Schränken war noch ein zu großer Zwischenraum. Der wurde mit einer großen Fußmatte abgedeckt, die hinter der Eingangstür für die Kundschaft lag.

Die Tochter kletterte wieder nach draußen und betrachtete die Fenster, während der Vater zur Probe den Schneidbrenner wieder anzündete. Jetzt drang kein verräterisches Flackern mehr nach draußen.

Dafür gab es anderen Ärger. Durch den Garderobenschrank und die darübergelegte Fußmatte war sozusagen eine kleine Kammer entstanden, in der der Vater arbeitete. Die Gase und der Qualm vom Schweißen konnten nicht abziehen, und schon nach wenigen Minuten mußte er hustend und mit tränenden Augen die Arbeit wieder unterbrechen, die Schranktüren zur Seite klappen und den Qualm abziehen lassen.

Der Hauch einer Erinnerung meldete sich in seinem Gehirn. Er schirmte seine Taschenlampe mit der Hand ab und sah sich im Verkaufsraum um. Irgendwo hatte er doch beim Fliesenkauf vor einer Woche so ein Ding gesehen! Wo war es denn nur...?

Da! Ein Plakat an der Wand ermahnte den Heimwerker, bei Stemm- und Lackierarbeiten wegen der Stäube und Gase eine Atemschutzmaske zu tragen. Daneben stand ein Regal, auf dem die Gasmasken und die dazugehörigen Filter ausgestellt waren. Praktischerweise klebte auf jedem Filter ein Etikett, das angab, gegen welche Schadstoffe er Schutz bot.

Der Vater suchte sich den richtigen Filter aus, schraubte ihn in die Gesichtsmaske, nahm seine Motorradhaube ab und setzte die Gasmaske auf. Die eingeatmete Luft stank zwar ein wenig nach Gummi, aber jetzt konnte er ohne Atemnot weiterarbeiten.

Kurt Krillhorn, ein junger, aufstrebender Angestellter der in diesem Moment von Einbrechern heimgesuchten Baustoffhandlung, war voller Vorfreude. Heute war für dieses Jahr sein letzter Arbeitstag gewesen. Er freute sich auf zwei Wochen Skiurlaub in den Dolomiten und auf ein anschließendes nettes Weihnachtsfest im Kreise seiner Eltern und Geschwister mit Neffen und Nichten.

Morgen früh sollte sein Zug abfahren. Deswegen packte er jetzt emsig den Koffer. Schon eine Woche vorher hatte er angefangen, eine Liste zu schreiben, was er alles mitnehmen wollte. Sobald ihm noch etwas einfiel, notierte er es gleich und legte es zu Hause in den Koffer. Er wollte nicht noch einmal so einen Reinfall erleben, wie letztes Jahr, wo er am Urlaubsort festgestellt hatte, daß Fotoapparat und Sonnenbrille aus Versehen zu Hause geblieben waren.

Je mehr sich der Koffer füllte, umso mehr Punkte wurden auf seiner Liste abgehakt. Zum Schluß stand dort nur noch

> Fahrkarte einstecken
> Geld in div. Taschen
> Brieftasche Jacke
> Samstag: Wohnung abschließen, Schlüssel zur Nachbarin.

Die Fahrkarte packte er griffbereit in die Innentasche der Jacke, die er morgen anziehen wollte. Das deutsche und das italienische Geld verteilte er auf verschiedene Taschen und einen Brustbeutel. Jetzt noch die Brieftasche mit Scheckkarte und Ausweis...

Verdammt! Wo war denn das Ding nur?

Leichte Panik ergriff ihn, als er die Brieftasche nicht am üblichen Platz in der anderen Jacke fand. Er sah auf dem Schrank im Flur nach, hastete dann zu seinem Schreibtisch, dann, immer nervöser werdend, in die Küche. Keine Spur von der Brieftasche.

„Das gibt's doch gar nicht!" murmelte er, während er in fliegender Hast Schuhe und Jacke anzog. Er rannte auf die dunkle Straße hinunter, um im Auto nachzusehen. Dort lag sie auch nicht.

Er zwang sich mühsam zur Ruhe und zum Nachdenken. Wo hatte er sie zuletzt herausgeholt? Also, heute morgen hatte er sie noch bei sich gehabt, daran erinnerte er sich genau. Auf der Arbeit war die Jacke dann im Garderobenschrank eingeschlossen gewesen. Hatte er die Brieftasche nochmal herausgenommen? Er grübelte im kalten, dunklen Auto vor sich hin.

Aber ja doch! Er hatte sich am Automaten ein Getränk holen wollen und festgestellt, daß ihm die passenden Münzen fehlten. Daraufhin war er an den Garderobenschrank gegangen, hatte die Brieftasche aus der Jacke genommen, einen Zehnmarkschein herausgeholt und an der Kasse gewechselt. Dann mußte er wohl mit der Brieftasche und der Getränkedose zu seinem Schreibtisch gegangen sein. Zu Feierabend hatte er nur noch den Urlaub im Kopf gehabt und schnell den Schreibtisch abgeschlossen, um zu flüchten.

Ganz genau erinnerte er sich nicht, aber wenn das alles so gewesen war, dann müßte eigentlich die Brieftasche in seinem Schreibtisch liegen. Gewißheit und damit ein Ende der bohrenden Zweifel konnte er nur erlangen, wenn er nochmal zur Arbeit fuhr und dort nachsah.

Scheiße! Eigentlich wollte er um diese Zeit schlafen gehen. Aber ohne Ausweis kein Auslandsurlaub. Zum Glück besaß er Schlüssel für den Betrieb. Die Straßen waren jetzt leer. In einer Dreiviertelstunde konnte er wieder zurück sein.

Er startete seinen Wagen und machte sich auf den Weg zur Baustoffhandlung.

Nach einer halben Stunde hatte der Vater den Türrahmen des Tresores an den Stellen, wo die Verriegelungsstangen saßen, aufgetrennt und drehte den Schneidbrenner aus. Jetzt konnte er den Kleiderschrank wieder zur Seite rücken, den Qualm abziehen lassen. die Gasmaske abnehmen und die Motorradhaube wieder aufsetzen. Dann holte er die Brechstange aus der Werkzeugtasche und hebelte mit einiger Mühe die Tresortür auf.

Das Geld war noch extra in einer rot lackierten Stahlkassette untergebracht. Mit Hammer, Meißel und Schraubenzieher wurde sie geknackt.

Der Inhalt entsprach den Erwartungen, die sich Vater und Tochter vom Freitag Nachmittag gemacht hatten. Es handelte sich um ungefähr 8.000 Mark, wovon etwa 1.000 Mark aus gerolltem Münzgeld bestanden. Der Vater steckte die Geldscheine in seine Jackentasche und packte die Münzrollen zusammen mit den Werkzeugen in die Umhängetaschen.

Während dieser ganzen Zeit hatte die Tochter draußen zwischen der Hauswand und einigen dort abgestellten Paletten mit Ziegelsteinen gekauert und die nächtliche Straße beobachtet. Nur ganz selten kam ein Auto vorbeigefahren, und Fußgänger waren überhaupt nicht zu sehen gewesen.

Jetzt näherte sich wieder ein Auto.

Die Tochter hätte fast einen Herzinfarkt erlitten, als der Blinker eingeschaltet wurde, der Wagen abbremste und in die Auffahrt zur Baustoffhandlung einbog. Vor dem Gittertor blieb er stehen.

Bei der Arbeit angekommen hielt Kurt Krillhorn auf der Auffahrt an und stieg aus, um das Gittertor im Zaun aufzuschließen. Verwundert stellte er fest, daß das Vorhängeschloß fehlte. Er nahm an, daß es defekt gewesen war und daß der letzte Mitarbeiter das Tor nur eingeklinkt hatte und morgen ein neues Schloß besorgen lassen würde.

Er schwenkte den Torflügel auf und fuhr auf das Betriebsgelände bis vor die Eingangstür zum Büroflur.

Hals über Kopf huschte die Tochter an der Hauswand entlang um die Ecke und kletterte zum Klofenster hinein. Auch der Vater war durch das Geräusch des sich nähernden Wagens aufgeschreckt worden.

„Da kommt jemand!" zischte sie ihm zu.

„Los, abhauen!" befahl er leise.

Sie schnappten sich jeder eine Werkzeugtasche und hasteten aus dem Verkaufsraum über den Flur in die Toilette.

Dabei hörten sie, wie die Eingangstür zum Büroflur aufgeschlossen wurde.

Mit seinen Schlüsseln schaltete Kurt Krillhorn die Alarmanlage aus und schloß die Tür auf. Das Erste, was ihm auffiel, war ein eigenartiger Brandgeruch. Er schaltete das Licht auf dem Flur ein.

Die Tür zum Verkaufsraum stand offen. Normalerweise

wurde sie abends abgeschlossen.

Er spürte ein eigenartiges Rumpeln in seinen Därmen, stand absolut still da und lauschte. Nichts war zu hören. Er überlegte, ob er nicht lieber wieder umkehren sollte. Irgend etwas stimmte hier ganz und gar nicht.

Aber trotzdem fiel ihm in dieser Situation seine Brieftasche wieder ein. Und außerdem gab es im Verkaufsraum Telefone. Ihm schwante, daß er gleich eins brauchen würde.

Im Toilettenraum blieben Vater und Tochter wie erstarrt neben dem aufgebrochenen Fenster stehen. Der plötzlich erleuchtete Spalt unter der Tür verriet ihnen, daß jemand auf dem Flur das Licht eingeschaltet hatte. Was machte der denn nur? Absolut nichts konnten sie hören.

Beide wußten keine Erklärung dafür, was denn nun schiefgegangen war. Hatten sie doch irgendwo Alarm ausgelöst? Aber dann wäre die Polizei doch schon längst da!

Ganz langsam, als befürchtete er, seine Gelenke könnten knacken, setzte Kurt Krillhorn einen Fuß vor den anderen und schlich an der Klotür vorbei zum Verkaufsraum. Hier roch er den Brandgeruch stärker. Sonst war es totenstill. Viel konnte er nicht erkennen, denn die Fenster ließen nur das spärliche Licht von einer Straßenlaterne durch.

Vorsichtig tastete er um den Türrahmen herum zum Lichtschalter und schaltete die Deckenbeleuchtung an.

Ein im erleuchteten Türspalt vorbeischleichender Schatten ließ Vater und Tochter das Blut in den Adern gefrieren. Fast hätten beide laut aufgeschrieen.

Als das Licht des Türspaltes eine Nuance heller wurde, wußten sie, daß der Unbekannte die Beleuchtung im Verkaufsraum eingeschaltet hatte. Jetzt würde er die aufgeknackten Schränke sehen und von einem dort stehenden Telefon aus die Polizei anrufen!

Auf den ersten Blick erschien Kurt Krillhorn alles so wie immer. Nur eben bis auf die Rauchschwaden und den Geruch nach Sylvesterknallern.

‚Ob sich eine Explosion ereignet hat?' dachte er.

Als er seinen Kopf nach links drehte, sah er zu seiner Überraschung zwischen Schrankwand und Kassentresen den Kleiderschrank stehen. Wie war der denn dort hingekommen?

Die Neugier überflügelte seine Vorsicht und er ging langsam zu den beiden Schränken. Dann sah er die aufgebrochene Tür des Aktenschrankes und gleich darauf die offenstehende Tresortür und die auf dem Fußboden liegende zerstörte Geldkassette. Die aufgeschweißten Stellen strahlten noch eine spürbare Wärme aus.

„Wir müssen weg!" flüsterte der Vater.

So leise wie möglich kletterte die Tochter zum Klofenster hinaus. Der Vater reichte die Taschen hinterher. Trotz größter Vorsicht schepperten dabei die Werkzeuge aneinander.

Aus Richtung der Klotüren war ein Scharren zu hören.

Die schreckliche Vorstellung packte Kurt Krillhorn, daß die Täter noch im Gebäude sein könnten. Er rannte zum nächsten Schreibtisch, auf dem ein Telefon stand und rief die Polizei an.

„Bei uns ist der Tresor aufgeschweißt worden!" sagte er schlotternd. „Eben gerade! Ich glaube, die Einbrecher sind noch in der Nähe! Kommen Sie schnell!"

„Wo ist das?" fragte der Beamte in der Telefonzentrale. „Straße und Hausnummer?" Kurt Krillhorn gab die Adresse an.

„Es sind meherere Kräfte zu Ihnen unterwegs", beruhigte ihn der Beamte. „Fassen Sie nichts an und unternehmen Sie nichts! Die Täter könnten bewaffnet sein."

Kurt Krillhorn dachte nicht im Geringsten daran, irgendetwas zu unternehmen. Er verkroch sich unter den Schreibtisch und versuchte, mit dem Jackenärmel sein lautes, ängstliches Atmen zu dämpfen.

Der Vater kletterte schnell zum Fenster hinaus. Die Werkzeugtaschen wurden einfach auf den Rücksitz des Wagens geworfen, der Motor gestartet, und dann ging es ohne Licht ab durch die Mitte.

Kurt Krillhorn hörte hinter dem Haus einen Autoanlasser. Krachend wurde der Gang hineingerissen und mit aufheulendem Motor und quietschenden Reifen raste ein Wagen an der Hauswand entlang durch das Tor auf die Straße.

Kurt Krillhorn krabbelte unter dem Schreibtisch hervor und rannte zum Fenster. Aber da der Wagen ohne Licht flüchtete, konnte er weder den Typ noch das Nummernschild erkennen. Er flitzte wieder zum Telefon, rief nochmal bei der Polizei an und informierte sie über den Fluchtweg der Täter.

Nach einigen hundert Metern machte der Vater eine Vollbremsung und riß den Wagen in eine Parklücke zwischen zwei abgestellte Lkw-Anhänger.

„Was soll das?!" schrie die Tochter. „Wir müssen weg hier!"

„Runter!" befahl der Vater, und beide rutschten tief in ihre Sitze, so daß sie gerade noch über die Armaturentafel zur Windschutzscheibe hinausspähen konnten.

Aus der Richtung, in die sie flüchten wollten, näherte sich ein flackerndes Blaulicht, und ein Polizeiwagen jagte mit hoher Geschwindigkeit an ihnen vorbei zur Baustoffhandlung. Zehn Sekunden später kam noch ein Wagen hinterhergerast.

„Das war knapp!" keuchte die Tochter. „Jetzt aber nichts wie weg!"

Wortlos zeigte der Vater nach vorne. Als die Tochter sich zu ihm hinüberbeugte und zur Windschutzscheibe hinausblickte, sah sie weit hinten an der nächsten Kreuzung noch ein Blaulicht, das zu einem querstehenden Polizeiwagen gehörte, der dort die Straße absperrte.

Fassungslos starrte sie den Vater an. Ihr Vati hatte doch immer alle Probleme gelöst, als sie noch ein kleines Mädchen gewesen war. Sogar ihr kompliziertes Fahrrad hatte er stets repariert. Jetzt durfte er sie nicht im Stich lassen!

„Masken weg!" befahl der Vater, und beide zogen ihre Motorradhauben vom Kopf. Er wendete den Wagen, schaltete das Fahrlicht ein und fuhr zurück in Richtung des Tatortes. Er hoffte, daß der Fluchtweg in der anderen Richtung noch nicht blockiert war.

Als sie an der Baustoffhandlung vorbeikamen, verhielten sie sich so, wie es jeder Andere auch getan hätte: Sie fuhren langsamer und gafften zum Fenster hinaus. Auf dem Gelände der Baustoffhandlung standen die beiden Polizeiwagen, und einige Beamte mit Funksprechgeräten und Taschenlampen suchten zwischen aufgestapelten Holzbalken und Paletten mit Ziegelsteinen das Gelände ab.

Ein Wachtmeister, der an der Einfahrt stand, wedelte energisch mit den Armen, weil sie endlich weiterfahren sollten. Lästig, diese Gaffer! Er konnte nicht wissen, daß er soeben seine Beförderung verscheuchte.

Der Vater zwang sich dazu, den Wagen nicht auf 180 km/h zu beschleunigen, sondern fuhr normal bis über die nächste Kreuzung. Zehn Sekunden später kam dort ein VW-Bus der Polizei angebraust. Einige Beamte mit Maschinenpistolen sprangen heraus und errichteten eine Straßensperre.

Als Vater und Tochter in ein belebteres Stadtviertel kamen, ließ das Schraubstockgefühl, das sie gepackt hatte, allmählich nach.

„Wenn der Kelch an uns vorübergeht, sollten wir erstmal Betriebsferien machen!" schlug der Vater vor.

„Keine Gegenstimme", stammelte die Tochter. Ihre Abenteuerlust war gründlich gedämpft worden.

Kriminalmeister Lohmann stand immer noch im Gebüsch neben dem Vereinshaus und beobachtete die Weihnachtsfeier des Sportvereins. Die ersten Mitglieder hatten angefangen, zu tanzen, und an dem zunehmenden Gegröle konnte man den steigenden Alkoholpegel erkennen.

Ab und zu kamen einige Gäste heraus, um nach dem Krach und der verqualmten Luft für ein paar Minuten die Frische und Stille der Winternacht zu genießen. Jedesmal verdrückte sich Lohmann schnell in ein weiter entfernt liegendes Gebüsch.

Dort saß er jetzt auch gerade, als das Funkgerät in seiner Tasche schrecklich laut piepste. Im fahlen Licht sah er, daß sich die Köpfe der draußen Stehenden wie an einer Schnur gezogen in seine Richtung wendeten.

„Was war das denn?" hörte er einen der Sportskameraden fragen.

„Häh?" lallte eine alkoholgeschwängerte Frauenstimme. „Bissu schon besoffen oder wah? Siehst wohl Jespensta!"

Lohmann hatte schnell das Gerät leiser gestellt und sich murmelnd gemeldet.

„Wo stehen Sie jetzt?" hörte er Kommissar Nagels Stimme.

„Beim Vereinshaus von Heitrichs Sportclub", raunte er in das Mikrofon, wobei er seinen Mantelkragen dämpfend vor das Gesicht und das Funkgerät hielt. „Unser Mann ist immer noch hier."

„Vergessen Sie den Heitrich! Brechen Sie Ihren Einsatz ab, und kommen Sie hierher! Hier ist vor einer halben Stunde ein Tresor aufgeschweißt worden." Nagel gab ihm die Adresse durch.

176

13. Prost Neujahr!

Die Weihnachtstage und den Jahreswechsel überstand Peter ohne Zwischenfälle. Heiligabend besuchte er seine Eltern. In ihrer Festtagslaune verkniffen diese sich sogar ihre unerwünschten Ratschläge und das Thema Arbeitssuche.

Sylvester ging er mit Sabine und Michaela zu einer Party in ein uriges Café. Mit Hilfe von blauen Jeans, blauen Mützen und roten Sweatshirts, die sie mit schwarzen Klebebuchstaben versahen, verkleideten sie sich alle drei als Panzerknakker. ‚Wie treffend!' dachte Peter, der ja nun über Erfahrungen im Panzerschrankknacken verfügte.

Am Dienstag nach Neujahr fand Peter in seinem Briefkasten eine Aufforderung vom Arbeitsamt:

Hamburg, 2.1.1995

Sehr geehrter Herr Heitrich,
Sie werden gebeten, sich zwecks Arbeitsaufnahme bei der Firma
  Alfred Gurkenthin
  Autoverwertung
  Entenwerder Landscheideweg 154
vorzustellen.
Sollten Sie ohne triftigen Grund dieses Vermittlungsangebot nicht wahrnehmen, so kann Ihnen das Arbeitslosengeld entzogen werden.
Bitte teilen Sie dem Arbeitsamt das Ergebnis des Vorstellungsgespräches mit.

‚Arschgeigen!' dachte Peter. ‚Wißt ihr denn gar nicht mehr,

daß ihr mir den Zaster schon weggenommen habt?'

Es war kalt draußen. Im Grunde hatte Peter noch gar keine Lust, morgens bei Wind und Wetter wieder hinauszumüssen. Andererseits harrten seine finanziellen Probleme immer noch auf eine Lösung, und er wünschte sich, bald wieder ein geregeltes Leben zu führen.

Als einziger Trost blieb ihm zur Zeit, daß er einen weiteren Besuch der Polizei nicht mehr fürchtete, seit er in der Zeitung gelesen hatte, daß die Tresorknacker, die man auch wegen seiner Tat mit verdächtigte, bei einem erneuten Einbruch in eine Baustoffhandlung nur um Haaresbreite entkommen waren und jetzt von der Polizei gesucht wurden.

Er sah auf dem Stadtplan nach, wo denn diese Autoverwertung lag, bei der er sich vorstellen sollte. Du liebe Zeit! Ganz schön weit weg. Und ‚Autoverwertung' war doch nur der vornehme Name für ‚Schrottplatz'. Das hieße: Miese Bezahlung und bei jedem Wetter draußen arbeiten.

Er beschloß, hinzufahren, und sich den Laden anzusehen. Irgendetwas mußte er ja unternehmen, sonst würde er noch längere Zeit kein Arbeitslosengeld bekommen. Also packte er sich warm ein, nahm Helm und Handschuhe und fuhr mit dem Moped zu der Autoverwertung.

Auf der ganzen Fahrt überlegte er, wie er um so einen Dreckjob herumkommen und trotzdem Arbeitslosengeld kassieren könnte. Wenn er nun mit dem Argument käme, die Arbeit wäre körperlich zu schwer? Dann müßte er ein entsprechendes ärztliches Attest beibringen. Bei seiner sportlichen Erscheinung würde jeder Arzt bei so einem Ersuchen nur mitleidig grinsen.

Er könnte sich in einem Supermarkt eine kleine Flasche Weinbrand kaufen, sich den Mund damit spülen und ein paar Tropfen auf die Jacke kleckern. Dann würde der Meister ihn wahrscheinlich als Trunkenbold ablehnen, aber sicherlich auch dem Arbeitsamt eine entsprechende Mitteilung zukommen lassen, was für Peter gewiß nicht von Vorteil wäre.

Er überlegte, ob er mit fehlenden Fachkenntnissen argumentieren könnte. Aber das Arbeitsamt kannte ja seinen beruflichen Lebenslauf und hätte ihm bestimmt nicht diese Stellung angeboten, wenn dort ein Professor gesucht wurde. Also hatte es keinen Zweck, den Doofi zu spielen, denn genau so einer würde dort wohl am ehesten eingestellt werden.

Schließlich gab es noch die Möglichkeit, vor dem Meister dort einen menschlichen Kotzbrocken zu schauspielern, mit dem sich niemand das Betriebsklima verderben wollte. Aber er hatte keine Ahnung, was für ein Typ der Meister oder Inhaber war. Vielleicht kratzte den das überhaupt nicht, wenn ein Gesprächspartner ein unmögliches Benehmen an den Tag legte.

Peter war der Lösung seines Problemes noch keinen Schritt nähergekommen, als er bei der Autoverwertung eintraf. Es handelte sich tatsächlich um einen Schrottplatz, der sich aber auf Altwagen einer einzigen Marke spezialisiert hatte. Auf einer Seite des Geländes stand eine Schnellbauhalle, durch deren geöffnetes Tor man Regale mit gebrauchten Autotüren und Motorhauben in verschiedenen Farben sehen konnte. Gleich neben der Toreinfahrt stand eine Bretterbude mit der Aufschrift ‚Büro' an der Tür. Daneben parkte ein schäbiger Abschleppwagen, der schätzungsweise zwanzig bis einhundert Jahre alt war.

Peter schloß das Moped an einen Laternenpfahl an, nahm seinen Helm ab und betrat die mollig beheizte Bürobude.

Hinter dem alten Schreibtisch mit dem alten Telefon und dem alten PC saß ein großer starker Mann um die fünfzig. Seine Kleidung war grotesk gegensätzlich: Er trug einen blauen Overall, wie ihn Schlosser haben, aber auf dem Kopf saß ein vornehmer, schwarzer Hut, der um 1960 herum als ‚Unternehmerhut' modern gewesen war. Der Mann rauchte eine gewaltige Zigarre.

„Morjen!" sagte er mit tiefer, knarrender Stimme, ohne die Zigarre aus dem Mund zu nehmen. „Wat kannick für dich tun?"

Peter zog die Aufforderung vom Arbeitsamt aus der Tasche und reichte sie über den Schreibtisch.

„Guten Morgen! Ich soll mich hier vorstellen, wegen der Arbeit."

„Aaach", knarrte der Hutträger an seiner Zigarre vorbei, „Du bist also der Neue? Ick bin hier der Chef."

‚Nanu?' dachte Peter. ‚Der tut ja so, als wäre ich schon sein Leibeigener.'

„Kannst du denn einen Anlasser von einer Zündspule unterscheiden?" forschte der knarrende Zigarrenraucher weiter.

Vor zehn Minuten hatte Peter noch überlegt, ob er den Blödmann spielen sollte, um nicht angestellt zu werden. Jetzt war er gekränkt, daß Herr Gurkenthin ihm das nicht zutraute.

„Aber selbstverständlich!" sagte er empört. „Ich habe zwei Jahre in einer Autoteilehandlung gearbeitet."

„Sehr jut!" knarrte Herr Gurkenthin, wälzte sich aus seinem Schreibtischsessel und kam zu Peter gewatschelt. Jetzt nahm er sogar die zerfaserte Zigarre aus dem Mund und öffnete die Bürotür.

„Also, foljendes!" erklärte er Peter und zeigte mit der Zigarre auf die gegenüberliegende Schnellbauhalle. „Wenn hier einer sein altes Auto zum Verschrotten bringt, zerlegst du es da drinnen! Alle Teile, die noch jut sind, erhalten ein Etikett, von wat für einem Wagen sie stammen, Modell, Baujahr, Farbnummer und so und werden da drüben ins Lajer jelegt. Von den Etiketten bekomme ick die Durchschläje, damit ick alles, wat wir auf Lajer haben, in meinen Fernseher tippen kann, falls mal einer am Telefon nach einem Teil fragt."

Peter stutzte eine Weile, bis er begriff, daß Herr Gurkenthin mit ‚Fernseher' seinen uralten Computer meinte. Sein bestimmtes Auftreten vermittelte Peter eine gewisse Sicherheit. Er fühlte sich in der alten Bretterbude fast schon heimischer als damals vor sechs Wochen im feinen Büro des Herrn Eimbcke, der genau so bestimmt aufgetreten war und ihn so angeschmiert hatte. Peter traute sich deswegen gleich, die Frage nach dem Verdienst zu stellen.

„Dat hängt von dat Jeschäft ab, wie's läuft", knarrte Herr Gurkenthin. „Biste Steuerklasse 1? Also, deine zwo netto haste immer, und wenn der Laden brummt, haste auch mal zwozwo."

Das war mehr, als Peter zu hoffen gewagt hatte. Seine Gedanken, wie er um den Job herumkommen konnte, waren vergessen.

„Wann soll ich anfangen?" fragte er.

„Morjen!" knarrte Herr Gurkenthin. „Haste denn Arbeitskleidung? Blaumann, Rejenjacke, Sicherheitsstiefel? Dat iss vorjeschrieben."

Als Peter verneinte, zog Herr Gurkenthin ein dickes Portemonnaie hervor, aus dem ein großes Bündel Geldscheine richtiggehend herausquoll. Er entnahm einen Zweihundertmarkschein und gab ihn Peter, zusammen mit einer Visitenkarte von einem Fachbetrieb für Arbeitskleidung.

„Da kaufste dir dat Zeug! Wird von deinem ersten Lohn abjezojen. Mußt' aber sajen, dat es für mich iss, wejen der Prozente!"

Peter war sprachlos. Innerhalb von zehn Minuten hatte er einen neuen Job, ein höheres Einkommen, einen großzügigen Chef und zweihundert Mark Vorschuß. So sah also der Weihnachtsmann in Wirklichkeit aus. Vielleicht konnte er sich hier auch ein altes Auto für wenig Geld mit gebrauchten Teilen wieder herrichten.

„Noch wat!" knarrte Herr Gurkenthin. „Die ausjeschlachteten Karosserien werden auseinanderjebrannt und vom Schrotthändler abjeholt. Wir haben hier nämlich keene Presse. Kannst du mit einem Schneidbrenner umjehen?"

Peter dachte für einen Moment an seinen dilettantischen Einbruch. „Äh... nicht besonders gut", gab er zu.

Herr Gurkenthin zeigte mit seiner Zigarre quer über das Gelände zu einem älteren dicken Mann, der mit einem Gabelstapler ein ausgeschlachtetes Autowrack transportierte.

„Da hinten, dat iss Willy, dein Kolleje. Der kann jut brennen, der zeigt dir dat. Sollst mal sehen, wenn du dat bei dem jelernt hast, kannste bald als Tresorknacker jehen!"